纳兰词精选

〔清〕纳兰性德 著
梦远 编

中国华侨出版社
北京

图书在版编目（CIP）数据

纳兰词精选 /（清）纳兰性德著；梦远编 . — 北京：中国华侨出版社，2018.3（2019.6 重印）

ISBN 978-7-5113-7413-4

Ⅰ . ①纳 … Ⅱ . ①纳 … ②梦 … Ⅲ . ①词（文学）—作品集—中国—清代 Ⅳ . ① I222.849

中国版本图书馆 CIP 数据核字（2018）第 020352 号

纳兰词精选

著　　者 /〔清〕纳兰性德
编　　者 / 梦　远
责任编辑 / 姜薇薇
封面设计 / 阳春白雪
文字编辑 / 黎　娜
美术编辑 / 宇　枫
经　　销 / 新华书店
开　　本 / 880mm × 1230mm　1/32　印张：8　字数：185 千字
印　　刷 / 北京德富泰印务有限公司
版　　次 / 2018 年 5 月第 1 版　2019 年 6 月第 2 次印刷
书　　号 / ISBN 978-7-5113-7413-4
定　　价 / 35.80 元

中国华侨出版社　北京市朝阳区静安里 26 号通成达大厦 3 层　邮编：100028
法律顾问：陈鹰律师事务所
发 行 部：（010）88866079　　传　　真：（010）88877396
网　　址：www.oveaschin.com　　E-mail：oveaschin@sina.com

前言
PREFACE

第一次读纳兰词究于何时，已经记不大清楚了。但，第一次被纳兰词深深吸引却是记得颇清楚的。那是在有些遥远的日子里：高考已毕，北上入学报到的前夜。在整理行囊之余，无绪之中，拿来一本词选，信手翻看，无意之中竟看到了纳兰性德的那首《长相思》：

山一程，水一程，身向榆关那畔行，夜深千帐灯。
风一更，雪一更，聒碎乡心梦不成，故园无此声。

当时的年岁是颇有些“少年不识愁滋味”的，便自忖找到了知音。于是捧着他的词，在初秋的院子里且行且吟，感觉自己仿佛已经受了几多山程水驿，来到了北方，再也听不见故园低低的呼吸了，眼前是一更的风、一更的雪和茫茫的夜。于是一种伤感之情兀自充满了小小的心灵，至于纳兰性德是谁，这首词好处在哪，却无甚心思注意到。

如今想来，这些做法固然有些孩子气。然而“喜欢”，究竟是难以言说的。恰如纳兰《少年游》中所言：“称意即相宜。”当然，纳兰这句说的是爱情：深爱一个人的时候，我们常常要问：“你喜欢我什么啊？”答案其实真的颇简单，爱就爱“称意”这两个字啊！看着你，眼睛觉得舒服；听到你，耳朵觉得舒服；摸到你，手指觉得舒服；闻着你，鼻子觉得舒服……就是称意。称意了，便即相宜了。然而以此解释我们缘何喜欢某一首诗词，我以为尚不足也。

诗词是有意舍弃了文学和生活的表象的，直指人的心灵和灵魂，与我们的情感最微妙之处相连，与人类的生命节奏相关。我们每个人的内心，其实常常都会有一种朦胧的韵律，如清波之渺渺、荷香之淡淡、杨柳之依依。

当我们读到某一首诗词时，内心的这种韵律便会涌出，与诗词中的节奏、旋律产生共鸣，每逢此时，我们便会被一首诗词打动了，尽管它们有时并不甚高明。然而，对于这两种心灵韵律的契合，我们并不总能详加体察。诗人本人风花雪月的故事，爱恨情愁的演绎反而更能打动我们。然而，这其实也是一种心灵的共振、情感的牵结、灵魂的交谈。我们喜欢某个人，一定是他或他生命的一部分打动了我们。对于纳兰来说，尤是如此。

严格说来，纳兰的词是“仿”出来的，若依启功先生的说法：“唐前的诗是淌出来的，唐朝的诗是嚷出来的，宋朝的诗是想出来的，宋以后的诗是仿出来的。”然而，这并不妨碍三百多年后我们进入纳兰的心灵世界：其“绝域生还吴季子”式的诚，“天上人间情一诺”式的真，“情在不能醒”式的“索性多情”，如斯种种至情至性，拨动了我们内心深处那根“一往情深深几许” 的琴音，让我们为卿痴狂，“共君此夜须沉醉”。

目录

CONTENTS

梦江南

昏鸦[①]尽，小立恨因谁？急雪乍翻香阁絮[②]，轻风吹到胆瓶[③]梅，心字[④]已成灰。

赏析

又是黄昏。乌鸦的翅膀再也无法安慰你这位千古伤心的书生。一声又一声，四季的风呼喊心上人的名字。你伫立的幽恨，是一泓清泉，流不进千里之外，她的眼眸。

你说，柳絮是飘在春夏之交的另一场雪，是春与夏的定情信物。只是宫闱里的伊人，很难对她说，相思相见知何年，此时此夜难为情。

于是，你想起李商隐：一寸相思一寸灰。只是不知，他的这句诗，原是写在一堆骨灰上的……

想你，你比银河还远。所以，就点燃自己。想你一寸，就燃烧一寸自己，落下一寸自己的灰。

---

①昏鸦：黄昏时分，昏暗不明的乌鸦群。②急雪句：柳絮好像飘飞的急雪，散落到香阁里。香阁，青年女子所居之内室。③胆瓶：长颈大腹，形如悬胆之花瓶。④心字：即心字香。

点评

此为《饮水词》开篇之作。“昏鸦尽”一句语简意明，渲染全篇气氛。古人写飞鸟，多是杜宇、金衣、乌鸦。国人谓鸦为不祥之鸟，但以鸦入境者颇多佳句、点睛之笔，如“时见栖鸦，无奈归心，暗随流水到天涯”“枯藤老树昏鸦”等。容若气势陡出，开篇即以“鸦”入境。昏鸦已逝，词人临风而立，是等候？是沉思？无言以对。

“小立恨因谁？”因谁？其实词人自己知道，除了表妹谢氏，还有谁曾在他心中播下甜蜜而苦涩的种子？他与表妹青梅竹马，从小就一起玩耍嬉戏，一起吟诗作赋，虽然没有挑明爱情关系，但纳兰心中一直深深地爱着她。可如今，表妹走了，走进了皇宫，当了妃子。一场朦胧的初恋就这样成了泡影，谁人不心痛？

表妹走后，纳兰曾经装扮成僧人进宫去见过表妹一面，可此种举动，何其危险！匆匆一面，而且还隔着宫廷里的帏幔，回来后良久放不下，他思念表妹的心情谁又能了解呢？于是，他便经常一个人在黄昏时小立，望着宫廷的方向出神。

整首《梦江南》，读毕，只是一阵心痛，如此之男子，是不属于这个世间的，那么透明，如同水晶一般，让人心生爱慕。

遐方怨

敧角枕[①]，掩红窗。梦到江南，伊家博山[②]沉水香[③]。
浣裙[④]归晚坐[⑤]思量。轻烟笼浅黛[⑥]，月茫茫。

赏析

你是荷花，江南是你心底的一滴清露。而我已远离了江南。在你走过的雨巷，我再也闻不到丁香的芬芳，迷离的彷徨。

我只有梦，只有将梦视为一种藤蔓般的呼唤，听为一种神灵的感召。而你，必是我踏破铁鞋，寻遍大千世界的千年之莲。

我只愿双手合十，醉于你的韵里。且不管，千年之后，水是否还是江南的水，梦是否还是北国的梦……

点评

小词若能婉能深，自是妙品。

此篇前二句为实出之笔，写其疏慵倦怠、相思无绪的情态。白日已经消匿，孤独寂寞的夜晚又来临了。词人斜倚角枕，百无聊赖，而红窗已掩，伊人难归。于是只有睡觉，希冀在梦中

---

①敧角枕：斜靠着枕头。敧，通“倚”，斜靠着。角枕，角制或用角装饰的枕头。②博山：即博山炉，一种香炉。③沉水香：即沉香，一种香料。④浣裙：即浣衣，洗衣。⑤坐，犹“自”。⑥浅黛：用黛螺淡画的眉毛。此处代指美丽的女子。

与伊人相会。

“梦到江南”一句说明词人想念的人家在江南。而这位“伊人”其实就是指沈宛。沈宛系江南才女，为纳兰好友梁汾觅带入京，纳兰与其一见钟情。可惜这段美好的恋情为时甚短。可能是由于性德是皇帝的贴身侍卫，娶一社会关系复杂的汉族民间女子为侍妾与机要的禁卫工作有碍，也可能是其父明珠认为性德与这样的女子结合会影响性德的仕途，他与沈宛相处了三四个月，就不得不分手了。但是纳兰始终难以割断那份情思，这使得他非常痛苦。纳兰词中有几首思念沈宛的词，这篇《遐方怨》便是其中一首。

回到这首词里，“梦到江南”以后就全写梦境了，写于梦中见到伊人的情景。“伊家博山沉水香”一句是虚写，只见博山炉一片青烟缭绕，状如愁思，伊人何在？“浣裙归晚坐思量”，原来伊人洗衣晚归，正在思量。那么，她思量什么呢？此一追问，思念的当然是词人自己了。因此，伊人之行止也是情有所思的形象。虽只是几句淡淡的描绘，但婉转入深。

尤其是结处二句，含蓄要妙之至。“浅黛”乃为女子，而今这位女子被淡淡的雾气笼罩着，彰显朦胧之色，一如词人对她的思念，行若江水，连绵不绝。而“月茫茫”三字，给全词增添千百韵味。这种“心已神驰到彼，诗从对面飞来”（浦起龙《读杜心解》）的写法，确实将诗人的一往情深表达得极为深致动人。

如梦令

正是辘轳金井[①]，满砌落花红冷。蓦地一相逢，心事眼波难定。

谁省，谁省。从此簟纹灯影[②]。

赏析

那似是一个梦境。在忧伤的金井旁，一位冰雪般的白衣女子，长发飘飘，在阶前葬花，葬下落红的心事。

蓦然回首，背后凝睇的男子，他的内心发生了一次地震。伊人的笑靥，在每一泓心泉中粲然绽放。从此，曾经沧海难为水。从此，他把短暂的相逢，种在了小园香径中。

只是没有想到，自别后，红窗前，自己孤单的身影瘦过黄花。然而思念如珠，永远都不再断线。

点评

纳兰这首初恋情词极为精巧雅致，细细读来如观仕女图般，字虽简练，情却绵密，可与晏几道的“落花人独立，微雨燕双飞”

---

①辘轳金井：谓装有辘轳的水井。辘轳，井上汲水的起重装置。金井，指装饰华美的雕栏之井。②簟纹灯影：意思是说，空房独处，寂寞无聊。簟纹，指竹席之纹络，这里借指孤眠幽独的景况。

一比。

小令首句点明了相遇的地点。纳兰生于深庭豪门，辘轳金井本是极常见的事物，但从词句一开始，这一再寻常不过的井台在他心里就不一般了。“正是”二字，托出了分量。

“满砌落花红冷”既渲染了辘轳金井之地的环境浪漫，又点明了相遇的时节。

金井周围的石阶上层层落红铺砌，使人不忍践踏，而满地的落英又不可遏止地勾起了词人伤感的心绪。

常人往往以落红喻无情物，红色本是暖色调，“落红”便反其意而用，既是他自己寂寞阑珊的心情写照，也是词中所描写的恋爱的最终必然结局的象征吧。最美最动人的事物旋即就如落花飘坠，不可挽留地消逝，余韵袅袅。

在这阑珊的暮春时节，两人突然相逢，“蓦地”是何等的惊奇，是何等的出人意料，故而这种情是突发的、不可预知的，也是不可阻拦的。在古代男女授受不亲的前提下，一见钟情所带来的冲击无法想象。

然而，恋人的心是最不可捉摸的。“心事眼波难定”，惊鸿一瞥的美好情感转而制造了更多的内心纷扰，所以，“谁省，谁省，从此簟纹灯影”这一直转而下的心理变化。正是刹那间的欣喜浸入了绵绵不尽的忧愁和疑惑中——对方的心思无法捉摸，未来的不可测又添上了一分恐慌，于是，深宵的青灯旁、孤枕畔，又多了一个辗转反侧的不眠人儿。

这首词结尾也颇为意味深长，“谁省？谁省？从此簟纹灯影”，问了，却无人来相答，最后自己把一句本想让所思知道的话，“从此簟纹灯影”给了自己，让自己去受那无尽的伤痛怅惘，这是怎样的苦闷啊！

所以，这句话虽然是词本身的戛然而止，但却是词人和词所传达的情感的真正开始。盛冬铃《纳兰性德词选》有言：“在落花满阶的清晨，作者与他所思的女子蓦然相逢，彼此眉目传情，却无缘交谈。从此，他的心情就再也不能平静了。此作言短意长，结尾颇为含蓄，风格与五代人小令相似。”

天仙子

梦里蘼芜青一剪[①]，玉郎[②]经岁音书远。

暗钟[③]明月不归来，梁上燕，轻罗扇[④]，好风又落桃花片。

赏析

有一种芳草，她有着美丽的名字。想你的时候，就开遍满山。枝枝叶叶，年年岁岁。

有一种岁月，她曾灿烂得动人心弦，又曾零落得一去无迹。曲曲折折，分分秒秒。

而你，究竟是一盒钉子，甜蜜地钉在我肋骨的深处；还是一座雪山，冰冷地立在我相濡以沫的远方？你的远去不归，让月亮等得都有些老了。而那些燕子，仍然不离不弃，重温着那些长出皱纹的海誓山盟。

---

①梦里句：蘼芜，一种香草。此句意为梦中所见到的是一片青青齐整的蘼芜。②玉郎：古代对男子之美称，或为女子对丈夫、对情人之爱称。③暗钟：即夜晚的钟声。④轻罗扇：质地极薄的丝织品所制之扇，为女子夏日所用。诗词中常以此隐喻女子之孤寂。

点评

这是一首苍凉清怨、缠绵悱恻的别离词。

纳兰性德是一个至情至性之人。他二十岁时与“两广总督，兵部尚书，都察院右副都御史兴祖之女”（徐乾学《纳兰君墓志铭》），时年十八岁的卢氏成婚。卢氏出身名门，知书达理，才貌双全。少年夫妻相亲相爱，感情甚笃。纳兰性德深爱自己的妻子，可是作为康熙皇帝的殿前侍卫，须经常入值宫禁或随皇上南巡北狩，与妻子厮守的时间不多。于是只能让万缕情丝萦绕心头，倾泻辞章。纳兰这首《天仙子》就是设想妻子含嗔带恨，埋怨累岁不返的天涯游子。

此词开篇展示的是一幅梦里的图画：一片青青齐整的蘼芜，一位略含忧愁的女子，寂寞的心事，满山的春景。这里的“蘼芜”不仅指一种香草，而且还具有象征意味，因为在古诗词里，“蘼芜”一词多与夫妻分离或闺怨有关。比如《玉台新咏·古诗》中就有“上山采蘼芜，下山逢故夫.”这样的诗句。

“玉郎经岁音书远。”果不其然，丈夫走后，音信全无，已有一年。语气似乎很是平静，但是其中的哀怨，自是不可断绝如缕。这比“鸿雁在云鱼在水，惆怅此情难寄”更显沉重，因为“此情”虽然“难寄”，但是毕竟还可以一怨雁鱼，一腔愤愤，终有所泄，而此处音信全无，何人何物可怨?

写到此，闺人的孤寂哀伤之情怀已经初露。而“暗钟明月不归来，梁上燕，轻罗扇，好风又落桃花片”这几句便将这种落寞心事渲染铺张开来，使其浓醇似酒，沉沉难以慰藉。你看，夜晚的钟声敲响了，明月是那样圆满，梁檐之间，燕子也在呢喃，可远方的丈夫为何不归？尤其是这句“轻罗扇”，扇出一片轻罗小扇的温软之风，于愁怨之中又带着丝丝怀恋与怅惘。整体情调可称“雅隽绝伦”。难怪陈廷焯评价说：“不减五代人手笔。”（《词则》卷五）又说：“措词遣句，直逼五代人。”（《云韶集》卷十五）总之，整首小词以闺人口吻表达了伤春伤别之情，自然恬淡，明白如话，又意蕴悠长。

天仙子

好在软绡红泪积[①]，漏痕斜罥菱丝碧[②]。

古钗封寄玉关秋[③]，天咫尺，人南北。不信鸳鸯头不白。

赏析

你一直是一根生锈的针，尖锐而犀利，刺在我的心头。

你曾经帮我缝补过去，也能帮我刺穿未来，但是曾经刺绣在心头的思念，已经变成了一朵在午夜悄悄流泪的红玫瑰。

我曾经以为，自己是一个出色的裁缝，能用一根线和一枚小小的针，刺成一句永恒的誓言。誓言，不会流泪。

点评

这小令是纳兰写给爱妻卢氏的，短小精悍，读之味道十足。刘熙载《词概》中说："小令之作'虽小却好，虽好却小'"，这词正如此。

---

①好在：犹依旧。软绡：柔软轻薄的丝织物，即轻纱。此处指轻柔精致的衣物。红泪：即伤心之泪。②漏痕：与下句之"古钗"均指草书。斜罥：斜挂着。菱丝：菱蔓。③古钗：本指古人用的钗头，后喻指所书字体之笔画挺直如古钗一样。此处借指条条泪痕。玉关：玉门关。古代以玉门关代指遥远的征戍之地。

纳兰二十岁时与卢氏成婚。卢氏出身名门，是两广总督卢兴祖之女，才貌双全，许配给纳兰后赐淑人，诰赠一品夫人。在纳兰看来，最重要的恐怕是二人互为知音，因为卢氏也是一位解诗情、识风雅的知性女子，能与纳兰产生心灵上的共鸣。因此，纳兰与卢氏夫妇琴瑟和谐，甜蜜无限。

但是作为康熙皇帝的殿前侍卫，纳兰身不由己，须经常入值宫禁，或者随皇上南巡北狩，这就导致纳兰常与爱妻分居两地，两人只能以词抒怀，发其幽恨。这首《天仙子》就是词人纳兰在扈从出塞期间写就的。

此词开头两句用典可谓十分恰当，以浑朴古拙之笔写妻子寄来的轻纱，浅叙白描，却不失情真意切，深致动人。且看，你寄来的轻纱上凝聚的泪痕还依稀可见，那斑斑点点的红泪，犹如菱蔓斜挂一般的行行草字。此处用一锦城官妓灼灼之典，《丽情集》中说："灼灼，锦城官妓也，善舞《柘枝》，能歌《水调》，御史裴质与之善。后裴召还，灼灼以软绡聚红泪为寄。"显然，此处软绡，饱含款款相思之情。

"古钗封寄玉关秋"亦用古钗之典，深切委婉地表达了归乡之思，表达了他对爱妻的深情思念。而结句犹显含婉深细，"不信鸳鸯头不白"，是反用李商隐的《代赠》中"鸳鸯可羡头俱白"，也有欧阳修《荷花赋》中句子："已见双鱼能比目，应笑鸳鸯会白头"，亦是"梧桐相待老，鸳鸯会双死"之意。常言咫尺天涯，何况词人已和妻子遥隔千里。

然而不管相隔多远，词人始终坚信，他和他的妻子一定会像鸳鸯一样，一起白头，一起相守终老。

天仙子 渌水亭秋夜[①]

水浴凉蟾[②]风入袂，鱼鳞蹙损金波碎[③]。

好天良夜酒盈樽，心自醉，愁难睡。西风月落城乌[④]起。

赏析

渌水亭，那是你的家。家中的秋夜，你可是独眠一舟，静听秋雨，陪寂寞看浪花？

此刻，所有的欢乐都消失了，只剩下这些月色，绿波，天风吹来。此刻，你围着它们，像围着与她西窗剪烛的日子。你挥挥手，连月亮都退到云层里失眠。可你哭不出来。你只是忧伤而沉默的多情书生，捻着一根将断的线。而夜的乌鸦，又飞走了。

点评

此篇纤浓而不繁腻，王静安言容若"以自然之眼观物，以自然之舌言情"，可见容若内心感受之敏锐。

词人置身家居环境之中，但见月色映水，荡起金波，天风吹

---

①渌水亭：渌水，清澈之池水，池在纳兰性德家中。渌水亭，池畔之园亭。②凉蟾：指水中之月。③鱼鳞句：谓水中鱼儿游泳，搅碎了水中的月色。金波，指水中之月光。④城乌：城楼上的乌鸦。

我。“水浴凉蟾风入袂，鱼鳞蹙损金波碎”一句，极生动地写出了由于见到水波中被风吹碎的月影，词人所引发出的一份敏锐纤细的感受。此时此刻，面对如此良辰美景，词人手中杯盏自是满斟，但是酒未入唇，人心已醉，忧愁袭上心头。大概在容若看来，如此天赐美景只醉旁人，与自己倒是无甚关系，正所谓“绿酒朱唇空过眼”。所以即使面临如此景色，可词人仍不能释怀。

词写至此，词人对渌水亭秋夜之景已描摹如画，而面对如此好天良夜，却又“心自醉，愁难睡”，直至通宵不眠。

那么，词人究竟为何愁萦身心、无计可消除呢？或许他是想到了亡妻，酒盈樽，却愁煞人。此时的酒想必是越喝越苦涩、越喝越愁，譬如“红酥手，黄縢酒，满城春色宫墙柳”。

或许他忧的是壮志难酬。词人在作此词前不久，曾接受康熙皇帝诏令，奉使出塞。奉使出塞固然实现了他“慷慨欲请缨”的志向，但此行是否能改变他做侍卫的处境，尚有疑问。

而后来的事情也证明，他的忧虑果然不是多余的。虽然他万里西行，胜利而归，即使是“功高高过贰师”，却“归来仍在属车边”。直到去世，仍任侍卫之职。“奉使”不过昙花一现而已。所以他的愁也就如“冰合大河流”一样，茫茫无尽期了。

然而不管是何种愁绪，词人终究无能为力。于是“西风月落城乌起”，秋风终起，斜月西沉，词人的希望也像城楼上的乌鸦一样，消逝于无边的黑暗之中了。

长相思

山一程，水一程。身向榆关那畔行①，夜深千帐灯。

风一更②，雪一更。聒碎乡心梦不成③，故园无此声。

赏析

长相思，相思有多长？

是“天涯地角有穷时，只有相思无尽处”，还是“长相思兮长相忆，短相思兮无穷极”？

如今行走在关外，你说你知道，一驿复一驿，思亲头易白。只是关外的天，苍凉的蓝。遍地都是橙黄的叶子，三两凄然，三两惆怅。一更，一更。

所以明月落下的时候，浮起的是你的悲伤。

家乡还在，只是山高水长，路途残缺。四季还在，只是花开有时，昨日不再。这个异地的夜晚，寒冷温柔着你的骨头。乡关何处是？魂梦依稀时。

---

① 身向句：榆关，山海关。那畔，那边。谓此时正向关外行进。②一更：一阵。③聒碎句：吵闹声把思乡的梦搅碎。聒，吵闹声。

点评

清康熙二十一年二月十五日（1682年3月23日），康熙因云南平定，出关东巡，祭告奉天祖陵。纳兰随从康熙帝诣永陵、福陵、昭陵告祭，二十三日出山海关。塞上风雪凄迷，苦寒的天气引发了纳兰对北京什刹海后海家的思念，这首词即在这个背景下写成。

词的开篇，即指出到达塞上山水漫长，路途遥远。“山一程，水一程”描写的是一路上的风景，仿佛是一个赶路的行者骑于马上，回头看看身后走过的路而发出的感叹；又仿佛是亲人送了词人一程又一程，山上水边都有亲人送别的身影。

如果说“山一程，水一程”写的是身后走过的路，那么“身向榆关那畔行”写的就是词人往前瞻望的目的地，也激荡出一种“万里赴戎机，关山度若飞”的萧萧豪迈情怀。

而“夜深千帐灯”，写出了皇上远行时候的壮观。且想象一下那幅豪壮的场景，风雪之中，夜空之下，一个个帐篷里透出的暖色调的黄色油灯，在群山里，一路绵延过去。多么壮观的景象！难怪王国维会将此与“澄江静如练”“落日照大旗”“大漠孤烟直”相提并论。

“夜深千帐灯”既是上阕感情酝酿的高潮，也是上、下阕之间的自然转换。

夜深人静的时候，正是想家的时候，更何况“风一更，雪一更”。

这里的“一更”是指时间，和上面的一程所指的路程，两相映照，又暗示出词人对风雨兼程人生路的深深体验。

风雪夜，作者失眠了，于是数着更数，感慨万千，又开始思乡了。不是故园无此声，而是故园有家有亲人，有天伦之乐，有画眉之趣，让自己没有心思细听这风起雪落，没有机会思忖这温暖家门之外还有侵入骨髓的寒冷。而此时此地，远离家乡，才分外地感觉到了风雪夜异乡旅客的情怀。

“山一程，水一程”与“风一更，雪一更”的两相映照，又暗示出词人对风雨兼程人生路的深深厌倦的心态。首先山长水阔，路途本就漫长而艰辛，再加上塞上恶劣的天气，就算在阳春三月也是风雪交加，凄寒苦楚。

这样的天气，这样的境遇，让纳兰生出了悠长的慨叹之意和深沉的倦旅疲惫之心。

纳兰将塞上风景、行军神态，以及自身的怨思之情婉转道来，画面壮美中不乏相思柔情。

本词既有韵律优美、民歌风味浓郁的一面，如出水芙蓉纯真清丽；又有含蓄深沉、感情丰富的一面，如夜来风潮回荡激烈，深受后人喜爱。

昭君怨

深禁[1]好春谁惜，薄暮瑶阶[2]伫立。别院管弦声，不分明。

又是梨花欲谢，绣被春寒今夜。寂寞锁朱门，梦承恩[3]。

赏析

世界上最遥远的距离，不是生与死，而是深宫的高门，阻断了我爱你的视线。

春蚕到死丝方尽。这次你离开了我，是风，是雨，是夜晚，是相思成茧。你笑了笑，我还未摆一摆手，一条寂寞的路便展向两头了。

这个梨花飘零的季节，正是相信爱的年纪。可是我没能唱给你的歌曲，让你一生中常常追忆……

点评

这首词深挚动人，委婉缠绵。作者省略了主语，从宫禁女子的角度，抒写了对已入深宫的表妹的相思苦恋。

---

①深禁：即深宫。宫宛门户皆设禁卫，故云。②瑶阶：宫殿中台阶的美称。③承恩：受到皇帝的宠幸。

词以宫禁女子口吻疑问语气开篇：在这深深的皇宫里，如此美好的春色又有谁去珍惜？如此一来，词人就把他的想象与表妹的实际处境吻合起来，增添了艺术魅力。

这也是纳兰性德经常使用的艺术手法，明明是作者在想象，而口吻又是所要描写之人的，有时候简直分不清是谁在写。

“薄暮瑶阶伫立”这几句是说，傍晚时分，她伫立在瑶台的台阶上，只听到后宫里管弦音乐声传来，怎么听都不太分明。显然纳兰性德的表妹并未受皇上的宠幸，但是又由于她与纳兰之间的款款深情已经被宫墙隔断，遂内心落寞冷清，在一片丝竹之声的衬托之下，越发凄凉孤寂起来。此几句明里是写她的心怀，暗里表达的却是纳兰对其表妹的深切关怀。

词至下阕，发生了微妙的转折，纳兰由对表妹表示关切转为暗生疑虑。“又是梨花欲谢”。是啊，一年过去了，又是梨花要谢的季节。值得注意的是这个“梨花”，梨花在古诗词里常常是形容女子容貌和美丽的专用词汇，比如白居易的《长恨歌》中就用“一枝梨花春带雨”来形容杨贵妃的美貌。而女子的命运亦如梨花，梨花易谢，女子的青春复有几何？纳兰不禁怀疑表妹能否耐住青春的寂寞，能否守住“梧桐相待老，鸳鸯会双死”的誓言。

“莫非她真会有盼望皇上临幸之心？”纳兰不禁对其表妹心生怨尤。然而从另一方面想，容若的惊恐疑惧，又何曾不是源于他的一片深情？可以说，纳兰把这份对表妹的复杂情感表达得千回百转，凄婉缠绵。

当然，这首《昭君怨》除了以上这种解读外，还有其他的解读。比如有人觉得这首词是容若借嫔妃之怨抒写自己十年青春耗费在“御前侍卫”烦琐而机械的公务中，以致有书难读，有怨难抒，虽蒙皇恩，却内心孤寂、郁郁寡欢的复杂心绪。也有人认为这首词表达了宫女对生活的渴望，因为“好春”无人怜惜，宫女在怅怅伫立中引领“望幸”，等来的却是失望，而年年苦恨又不断重复，在春寒料峭中，无望的宫女只好回到内室去做一个“承恩”的梦了。幻觉中的一点点安慰，无异于镜花水月，既可悲又可叹。

这两种解读，亦是“仁者见仁，智者见智”，因为诗词鉴赏，本无定论，作者所以作之，心也；读者所以鉴之，亦心也。

酒泉子

谢却荼蘼[1]，一片月明如水。篆香消，犹未睡，早鸦啼。

嫩寒无赖[2]罗衣薄，休傍阑干角。最愁人，灯欲落，雁还飞。

赏析

荼蘼的花期已过。曾经的浪漫，曾经的美好，都在绚丽而孤寂的盛放中，归为片片落花，汩汩流水。

人生是否也如四季？春夏时，百花盛开，带给你满眼的姹紫嫣红，然后又一朵朵地消失，空留寻花人疲倦的踪影？天涯流落思无穷。是这样吗？

想起王菲的歌……最后剩下自己，舍不得挑剔，最后对着自己，也不大看得起，谁给我的世界，我都会怀疑。心花怒放，却开到荼蘼。

---

① 荼蘼：落叶小灌木，攀缘茎，有刺，夏季开白花，清香洁美。②嫩寒无赖：嫩寒，轻寒、微寒。无赖，犹无情无义。

点评

古语曰：“开到荼蘼花事了。”所谓“开到荼蘼”即是言荼蘼开败之日，便是一年的花季结束之时，所有的花也就不会开放了。

纳兰此首《酒泉子》一开篇就用了“荼蘼”这一意象，并且还特意把凋零、开败的意味突出一番——用了“谢却”二字。

我想纳兰用这个意象，并不是纯粹描摹自然景物，而是有所象征。因为荼蘼是夏天最后的花，它的开放代表着夏日花季的终结，而一切的事，不管有没有结局，都得在这白色微香中曲终人散。而现在连“唯一”的荼蘼花也凋谢了，可见在纳兰看来，所有的精彩和芬芳也随之消融在渐凉的秋意里，一切归于黯然煞意，走到了尽头。这样，词作一开篇就奠定了凄清哀婉的基调。

“一片月明如水。”现在花季已逝，只有一轮明月，皎皎悬于天宇，播下清冷寂寞的光辉。在这样月明如水的夜晚，李白曾“举杯邀明月，对影成三人”，殊为潇洒，然而终是“月既不解饮，影徒随我身”，月亮难以为伴，影子也徒随自身。

纳兰没有选择像李白一样借酒沉醉，醉后援翰写心，感而抒怀。他没有那样的心境。他只有悄悄燃起心字篆香，一人默默思量自己的重重心事，而越思量就越难以为寝，直至早鸦开始啼叫，还“犹未睡”。总言之，这上阕词，重于写景，而景中含情，明丽清晰。

词至下阕，转以言情为主，情中有景。“嫩寒无赖罗衣薄，休傍阑干角”，气候已经有了些许寒意，词人所穿的衣服已经快遮挡不住这微寒了。其实，身寒仍有衣可御，但是心若寒冷，有甚可御?

所以他对自己说“休傍阑干角”，因为他知道，纵然把阑干拍遍，也无人理解他的登临之意。

最后三句，直抒胸臆而意蕴含婉。君不见，“灯欲落，雁还飞”，这满腔愁绪，怕是又要延续到第二天了。

生查子

东风不解愁，偷展湘裙衩[①]。独夜背纱笼[②]，影著纤腰画。

爇尽水沉烟[③]，露滴鸳鸯瓦。花骨冷宜香[④]，小立樱桃下。

赏析

是谁，把心事的倒影，描摹成哀愁的形状？是谁，在春风中借着朦胧的星光，含蓄地编织着穿越烟雨的忧伤？有人说，最凄凉、最弄人的不是你知道失去所爱的那一刻，而是你还在徘徊，犹未知道已经失去。所以从此，只有相思无尽处。只有，此恨绵绵无绝期。而那最后深情的一吻，便是：为伊消得人憔悴。

点评

《生查子》词是一首颇有韵味的咏愁佳篇。其笔触之细腻、传神，丝毫不让宋代号称“压倒须眉”的“巾帼”李清照。

词的上阕，开篇推出的是一个女子的长裙之特写镜头：“东

① 湘裙衩：指用湘地丝绸制作的裙衩。②纱笼：灯笼。③爇尽句：谓沉香已经燃尽。爇，燃烧。水沉，即水沉香、沉香。④花骨句：意谓夜来天寒露冷，而花蕾却发出宜人的香气。花骨，花骨朵，即花蕾。

风不解愁，偷展湘裙衩。”这里，词人以“东风”交代季节——春天，并以“不解愁”“偷展”等字加以状写，使之人格化，着上了人之感情色彩，从而，在不经意间映衬出了女子的“愁”。继而，由此镜头叠化出一个女子背影纤腰的特写镜头：“独夜背纱笼，影著纤腰画。”夜间，一个女子孤零零地背立在纱笼边，熏炉的火光映出她“纤腰”的轮廓。这一特写镜头，显现出春夜一女子之背影，突出其“纤腰”，包蕴了这样的潜台词：此女子，愁情深长。何以见得？她独自一人，夜而不寐，必有心思。其心思何在？这从首句“东风不解愁”可推知她心中含愁。何愁之有？从其腰肢纤细的身影，读者自可领悟到此乃相思之愁情所致。词的下阕，展现在读者面前的仍是一个个相连接的镜头。首先，推出的是沉香燃尽一刹那的镜头：“爇尽水沉烟。”沉香之烟是袅袅升腾的，由此，又引出了另一个镜头：“露滴鸳鸯瓦。”镜头之间的切换自然，也让人一目了然。这两个镜头，承接词的上阕，勾勒女子所处的环境，进而衬托其愁情。“爇尽水沉烟”，沉香已燃烧尽了，烟也散失了，照应上文的“纱笼”，暗示此女子夜间独立不寐时间之久。“露滴鸳鸯瓦”，露已生成，滴在成对的瓦上，暗示夜已很深，更见出此女子独立不寐时间之久，从而进一步地渲染其愁情之深、相思之苦。

词至此，已颇有境界，而词人似乎并不满足，又于词的卒章处摇出一个“花骨冷宜香，小立樱桃下”的镜头。纳兰性德以花骨比喻女子弱骨，此女独立于樱桃花下，与花香颇为相称。在词人的笔下，此女子与花融为一体，其相思之愁情也随着镜头的移动越旋越深。

点绛唇

一种蛾眉[①]，下弦不似初弦好[②]。庾郎[③]未老，何事伤心早？

素壁斜辉，竹影横窗扫。空房悄，乌啼欲晓，又下西楼[④]了。

赏析

不只是秋水，伊人。不只是月亮一千年才开一次的微笑。不只是孤独的岸，岸上的路，高天上传来的雁语声声。还有一些事情，一些人，突然消失于一瞬。

不只是寂寞，坐等晨曦的微光。不只是听流水，弃琴，偶尔沉默。也不只是怀念和告别。还有一些云烟，一些往事。

告诉你无凭。

点评

容若有味道的词好像都与卢氏有关，比如这首《点绛唇》，

---

①一种：犹言一样、同是。蛾眉：蚕蛾的触须弯曲细长，故用以比喻女子的眉毛。此借指月亮。②下弦：指农历每月二十三日前后的月亮。初弦：即上弦，指农历每月初八前后的月亮。③庾郎：即庾信，有《伤心赋》。词人二十三岁丧妻，故以庾信自况。④又下西楼：指月落。

就是容若在静夜静月之下思人之作，精致深长而又凄凉幽怨。

词从“一种蛾眉”写起，一语双关，既是言月，也是言人。从月解，蛾眉，自然指蛾眉月。“下弦不似初弦好”说的是下弦月不若上弦月出现在满月之前,它出现在满月之后,故而残缺，虽同是蛾眉，却是寄了无限的哀伤；另下弦夜半后现，自是词人伤心难寐，辗转反侧思念旧人的时分。从人解，古人以蛾眉代指女人的眉毛，又以上弦、下弦之月代指女人的眉毛上弯或下垂。故此处是说那下垂的眉毛不如上弯的眉毛好，即愁苦之时的眉毛不如欢乐时的好，意思是说此时的离怀愁绪不如欢聚之快乐。纳兰如此作法，可谓清新而婉曲。“庾郎未老，何事伤心早？”庾郎即庾信，南北朝后周人，骈文写得尤好，著有《伤心赋》，伤其女儿与外孙相继而去时的悲伤，而容若此处以庾信自比，二十三岁丧妻，故问“何事伤心早”？

词至下阕，转以景语出之，化情思为景句，又含蕴要妙之至。“素壁斜辉，竹影横窗扫”这一句，物象并没有任何的感情色彩，却带出了深长而清淡的意境：冷冷清辉，清清素壁，窗前竹影摇曳，似人有无尽心事。纳兰性德似乎一辈子都为心爱之人委婉缱绻，卢氏嫁给他仅三年，但是很快去世。“空房悄”不正是追思吗？“乌啼欲晓，又下西楼了。”又是一个不眠之夜，听乌啼，下弦月残独凭吊，哪如上弦月时，共剪窗烛呢？然而房空人去，只有叹息：“庾郎未老，何事伤心早？”此句应为通篇词眼。

浣溪沙

泪浥红笺[①]第几行。唤人娇鸟怕开窗。那能闲过好时光。

屏障厌看金碧画[②]，罗衣不奈水沉香[③]。遍翻眉谱[④]只寻常。

赏析

小院孤独。展开红笺的女孩，心思是一条孤独的鱼，在信笺和心上人之间，安静地游动。荡出去，再回来。一行一行，有鸟鸣，有沉香，还有眉角。她想统统寄过去。这时候的自己，比春天还动人。一行一行。她的眼泪，很温柔地流下来了。不想擦去，你看看，思念我让变得多么落寞，多么美丽。

点评

这首词是从对面写起，写妻子对我之深切怀念。

上阕说她写信寄怀的复杂心绪和由环境触发的感想。“泪浥

---

①泪浥：沾湿。红笺：红色信纸。②金碧画：金碧山水画，即以泥金、石青、石绿三色为主的山水画。古人多将此画画于屏风、屏障之上。③水沉香：即沉香。落叶亚乔木，产于亚热带，木材是名贵的熏香料，能沉于水，故又名水沉香。④眉谱：古代女子画眉毛的图谱。

红笺第几行”写她本想用一纸红笺，遥寄相思，怎奈边写边流泪，以致不知写到第几行便无法写下去了。于是又感到无聊，而窗外的鸟儿娇声啼叫，似乎在告诉人们这是美好的时光，可听此却又牵动了她的愁肠，故而还是将窗子关上，免得添愁增恨。“那能闲过好时光”一句，语出李隆基词《好时光》“彼此当年少，莫负好时光”，原来的意思是劝女及时嫁夫，“美貌不可持，青春都一晌，如遇有情郎，不妨付衷肠”。但是这里，女主人公已经嫁作人妇，应该说并未辜负大好的青春时光。词人化用此语，似有不妥。然而只要对纳兰性德婚后的生活稍加考察，便知此语十分熨帖。纳兰性德是康熙皇帝的殿前侍卫，和妻子结婚以后，须经常入值宫禁或随皇上南巡北狩，因此二人常常分隔两地，离多聚少。所以对妻子而言，虽嫁夫君，然多数时候仍不能与其共享青春，以致她有此虚度年华之感。

下阕转到室内，继续描写她的孤寂无聊。屏风上的金碧山水使她厌看，罗衣上的浓郁香气惹她烦恼，眉谱翻了又翻也觉无趣无味。明明是我在思念妻子，却偏从设想中妻子念我写来，如此更显深挚屈曲。此一写法，直叫人想起欧阳修的《踏莎行》。其下阕“寸寸柔肠，盈盈粉泪，楼高莫近危阑倚。平芜尽处是春山，行人更在春山外”。通过设想妻子凭栏远望，思念“行人”的愁苦之象，来写愁思。妻思夫，夫想妻，虚实相生，从而将离愁别绪抒发得淋漓尽致，与纳兰此篇，十分相类。

浣溪沙

谁念西风独自凉[①]？萧萧黄叶闭疏窗[②]。沉思往事立残阳。

被酒[③]莫惊春睡重，赌书消得泼茶香[④]。当时只道是寻常。

赏析

黄叶飘落成一根潺潺的弦，萧萧地弹拨一阕忆念之曲。雕花的小窗闭了，足不惊尘的你还会来拍打它吗？那年春天，帷幕重重遮蔽了整个季节的花事。你说花雕是花的泪水，豪饮如我，方才半杯就酩酊大醉。那册《花间词》我记得每一页，每一行。我赢得了那个小小的赌约。你衔口亲喂的茉莉香茗，涤荡了我三十年的忧郁。这些寻常的往事，何需我去翻动，而是一直在我灵魂深处翩翩飞舞。

---

①谁念句：意谓秋天到了，凉意袭人，独自冷落，有谁再念起我呢？“谁”字指亡妻。②疏窗：刻有花纹的窗户。③被酒：中酒、酒醉。④赌书句：用李清照故事。李清照《金石录后序》谓自己常与丈夫赵明诚比赛看谁的记性好，能记住某事载于某书某卷某页某行。经查检原书，胜者可饮茶以示庆贺。有时举杯大笑，不觉让茶水泼湿衣裳。此句以此典为喻说明往日与亡妻有着像李清照一样的美满的夫妻生活。

点评

纳兰性德是中国词史上一位著名的“伤心人”，其词情真意切，清丽凄婉，特别是为悼念其早逝的妻子卢氏而写下的许多词篇，更是泣血之作，哀感顽艳。这首《浣溪沙》就是其中的一篇。

开篇“西风”便奠定了整首词哀伤的基调。词人明知已是“独自凉”，无人念及，却偏要生出“谁念”的诘问。仅此起首一句，便已伤人心髓，后人读来不禁与之同悲。而“凉”字描写的绝不只是天气，更是词人的心境。次句平接，面对萧萧黄叶，又生无限感伤，“伤心人”哪堪重负？纳兰或许只有一闭“疏窗”，设法逃避痛苦以求得内心短时的平静。“西风”“黄叶”“疏窗”“残阳”“沉思往事”的词人，到这里，词所列出的意象仿佛推出了一个定格镜头，长久地揳入我们的脑海，让我们为之深深感动。几百年后，我们似乎依然可以看到纳兰孑立的身影，衣袂飘飘，“残阳”下，陷入无限的哀思。

下阕很自然地写出了词人对往事的追忆。“被酒莫惊春睡重，赌书消得泼茶香”。春日醉酒，酣甜入眠，满是生活的情趣，而睡意正浓时最紧要的是无人打扰。“莫惊”二字正写出了卢氏不惊扰他的睡眠，对他体贴入微、关爱备至。而这样一位温柔可人的妻子不仅是纳兰生活上的伴侣，更是他文学上的红颜知己。出句写平常生活，对句更进一层。

词人在此借用了赵明诚、李清照夫妇“赌书泼茶”的典故。李清照在《〈金石录〉后序》一文中曾追叙她婚后屏居乡里时与丈夫赌书的情景，文中说：“余性偶强记，每饭罢，坐归来堂，烹茶，指堆积书史，言某事在某书某卷第几页第几行，以中否角胜负，为饮茶先后。中，即举杯大笑，至茶倾覆怀中，反不得饮而起甘心老是乡矣！”

这是文学史上的佳话，意趣盎然。一句“甘心老是乡矣”便写出他们情投意合、安贫乐道的夫妻生活。纳兰以赵明诚、李清照夫妇比自己与卢氏，意在表明自己对卢氏的深深爱恋以及丧失这么一位才情并茂的妻子的无限哀伤。倘若卢氏泉下有知，有一位如此至情至爱的夫君知己，亦能安息了。

比起纳兰，李义山算是幸运得多，当他问出“何当共剪西窗烛”时，是自知有“却话巴山夜雨时”的；而我们这位伤心的纳兰明知无法挽回一切，他只有把所有的哀思与无奈化为最后一句“当时只道是寻常”。这七个字我们读来尚且为之心痛，何况词人自己，更是字字皆血泪。当时只是寻常情景，在卢氏逝世后却成了纳兰心中美好的追忆。大凡美好的事物，只有失去它之后我们才懂得珍惜，而美好的事物又往往稍纵即逝，恍若昙花一现。

浣溪沙

消息谁传到拒霜[1]？两行斜雁碧天长。晚秋风景倍凄凉。

银蒜[2]押帘人寂寂，玉钗敲竹[3]信茫茫。黄花开也近重阳。

赏析

怎么还容得下一朵芙蓉花的盛开，在想念与想念之间。盼你归来的心，化作串串音符，在天上飘，在地下流淌。

手指，怎样在银色的帘帷上，弹出芬芳的乐曲？玉钗，怎样在翠绿的竹间，开出烂漫的花朵？

直到大雁南飞，直到黄花开遍重阳，直到一朵云飘进我的小屋，直到阳光开始想念我们相聚的下一个春天。

点评

此为一阕思念之词，写重阳节到来，诗人又深切地怀念起往日的情人来了，他彷徨不安，踌躇难耐，遂赋此以排遣孤寂无聊的幽情。吴世昌《词林新话》云：“此必有相知名‘菊’者为此词所属意，惜其本事已不可考。”此即言纳兰曾有所恋

---

①拒霜：木芙蓉花，俗称芙蓉或芙蓉花，仲秋开花，耐寒不落，故名拒霜。②银蒜：银制的蒜形帘押。③玉钗敲竹：用玉钗轻轻敲竹以排遣愁怀。

之人，本词即为她而作。既然本事无考，我们也不必非去计较对方究竟是谁，只把它当作一首爱情词去欣赏就够了。

纳兰的爱情词深婉哀怨，惯于从思念的对象着笔，以倍增其强烈而深挚的怀念之情。此阕亦是。上阕写室外的景象，点出盼望离人当归而未归的怨离凄凉之情。“消息谁传到拒霜”，是谁传来了消息说，待到秋天木芙蓉花开的时候他便回来？以设问起句，突出了女主人公一腔哀怨的心思。

那究竟是谁告知她漂泊的离人即将归家呢？是那狠心的萧郎寄来的红笺，还是芙蓉花开的秋季，抑或只是女主人公自己空渺的幻想？也许真是她自己，明知良人未有归期，可为了得到心灵上的慰藉，只好拟个归期骗骗自己。若是这样，她的怨倒是自怨自艾了。二、三句转写鸿雁长空，晚秋空寂之景，渲染了凄凉的氛围和心境。

下阕转入室内情景的刻画。“银蒜”两句，写女子在怅然愁苦之际，只好把玩银制的蒜形帘押，用精致的玉钗轻轻敲竹以排遣愁怀，这两个细节描绘，生动绝妙地表达了她孤独寂寞、百无聊赖的意绪。

结句“黄花开也近重阳”以重阳黄花照应开头，进一步烘托出深情思念之幽怀。黄花，即菊花，菊花开时，秋天已至，这时候芙蓉花也开了吧，但是思念的人，仍然没有归来。不仅没有归来，连那“消息谁传到拒霜”里美好的消息，也是虚假的了。如此结局，堪称残酷，读之亦备感凄凉孤苦，惆怅不欢。

浣溪沙

莲漏①三声烛半条，杏花微雨湿红绡②。那将红豆寄无聊③。

春色已看浓似酒，归期安得信如潮④。离魂入夜倩⑤谁招。

赏析

这是春天的夜晚。一位寂寞的女子，默默地守候着流泪的蜡烛，在水一方。你就是那个古老故事中的伊人，有着杏花一样的小心思，被离别的微雨，一点一点地打湿。

从此，君问归期未有期。遥寄的南国红豆，还保留着他的体温。从此，徐徐的风和满地的小红花，年年撩起你心底的轻愁。从此，许多春天的夜晚，潮水来时，你女孩子的梦，已经梦不见他在春天归来。

点评

此篇是以女子口吻写离情。

---

①莲漏：即莲花漏，古代一种计时器。②杏花微雨：清明前后杏花盛开时的雨。红绡：代指红色花朵。③红豆：红豆树、海红豆及相思子果实的统称。古诗词中常以之象征爱情或相思等。那：犹奈。白居易《罢杭州领吴郡寄三相公》："那将最剧郡，付与苦慵人。"④信如潮：即如信潮，谓如定期到来的潮水一样准确无误。⑤倩：请。

上阕景起，“莲漏三声烛半条”说的是已是深夜，蜡烛已经燃尽了一半。女主人公既听得见“莲漏三声”就说明她还未入睡，或是无法安寝。而此时杏花微雨，雨湿红花。此时落红满地的春景，推窗便可以看见，即使不看，也可以想见。下接以“那将红豆寄无聊”，用一细小情节便把相思无聊的情态勾画得活灵活现。

下阕写失望的心情。“春色已看浓似酒”，用醇酒来比喻浓浓春色，言春已深。这里词人用了“已看”二字，给人一种恋人不在，即使是三春美景也无甚可赏的苦涩愁怨之感。于是，盼离人归来之心十分殷切。但是结果如何？

“归期安得信如潮”，他的归期怎能和定期到来的潮水一样准确无误呢？貌似归期不定，其实是“君问归期应无期”。这里“信如潮”用了李益《江南曲》中的典故。《江南曲》云“嫁得瞿塘贾，朝朝误妾期。早知潮有信，嫁与弄潮儿”，写的是一思妇因丈夫是瞿塘商贾，“重利轻别离”，天天不得相聚，而不由得暗中后悔：“早知道还不如嫁给弄潮儿呢！毕竟潮水的涨落有确定的时刻。”

纳兰用此典，也是表达相同的意思：潮来潮去尚且有期，唯牵挂之人滞留于外，几多埋怨，几多追悔。

“离魂入夜倩谁招”正是言此，此女子思忖恋人归期不详，万般无奈，只好盼望与他梦里相逢。

然而“倩谁招”一语，使这最后的幻想都成了无望之想，遂露出无限失望之情。此之结尾，沉重凄苦至极，令人读之久久不能释怀。

浣溪沙

睡起惺忪[①]强自支。绿倾蝉鬓[②]下帘时。夜来愁损小腰肢。

远信不归[③]空伫望，幽期细数却参差[④]。更兼何事耐寻思。

赏析

假如雨后还是雨，忧伤之后还是忧伤，那么这离别之后的离别，幽居的伊人又怎能从容面对？在梦里，她在探测，远方的人用胳臂拥抱自己的距离。清晨醒来，她用三千烦恼丝，织成了一条彩虹的小径，等他归来。

“我再等一分钟，或许下一分钟，看到你闪烁的眼，很想温暖你的脸。”然而，无可奈何的花，已经落去；似曾相识的燕，业已归来。心上人却在何方？

---

①惺忪：因刚醒而眼睛模糊不清。②绿倾蝉鬓：形容低垂着头，头发偏堕的样子。绿，指妇女似绿云的头发。蝉鬓，古代妇女的一种发式。因轻薄似蝉翼，故称蝉鬓。③远信不归：指对方没有来信。④幽期：男女间的私约。参差：依约、仿佛，意谓不甚分明。

点评

这首词在词体上有着很浓的女性化倾向，写一女子思念丈夫的幽独孤凄的苦况，属于伤离之作。

上阕写她的形貌。“睡起惺忪强自支”，说的是因刚醒而眼睛模糊不清，要打起精神，支撑住自己。一个“强”字写出了挺起精神以迎清晨的艰难与不愿。看她早晨一副睡眼蒙眬、倦于起床的模样，便知昨夜睡得很晚，大概是夜深灯残，灯火明灭之际，才斜靠枕头，聊作睡去。“绿倾蝉鬓下帘时”一句是对她头发的描绘。

此处，纳兰用“绿”字来形容她的头发好似绿云，真是给人几多悠远的想象。佳人醒后下帘，头发偏堕也懒得梳理，大概是心有所怀吧。“夜来愁损小腰肢”，过度的哀愁已经令她身体受损了，可见心怀之深，愁绪之重。

“远信不归空伫望”言对方远离却没有来信，只有苦苦凝望，寂寂等待。因为不通音信，所以相思难寄，这就必然使她对远方情人的思念更加迫切，相见的欲望更加强烈。遂有下句的“幽期细数”，即暗自数着相会的时日，希望能一解相思之苦。然而结果是“却参差”，即言由于心思太乱，故而数了又数，却仍然数不清相会的日期。

然而不管究于何因，幽期既误，他日再聚已成幻梦。于是发出“更兼何事耐寻思”的喟叹，感觉已经没有什么事情再值得思量了，心境遂臻于绝望。整首词的格调虽平淡幽远，但感情幽婉凄怨，秉持了纳兰词一贯的词风。

浣溪沙

雨歇梧桐[①]泪乍收，遣怀翻[②]自忆从头。摘花销恨旧风流[③]。

帘影碧桃人已去[④]，屧痕[⑤]苍藓径[⑥]空留。两眉[⑦]何处月如钩？

赏析

洒几许秋雨在纸上，润湿久藏的情感，掀开心幕的一角，不再对梧桐隐瞒。多少次在词里描摹，回忆的路，被泪雾遮断。多少次独倚斜栏，无语望天。曾用相思把桃树瘦弯，曾让涌动的心潮，把缺月盈满。心曲悠悠，穿不过一袭帘影，情话绵绵，只凝成手边的一缕轻烟。

点评

这首《浣溪沙》，从内容看大概是纳兰写给他早年曾爱恋过的一位女子的。在青梅竹马的表妹、生死患难的卢氏之前，何来

---

① 雨歇梧桐：唐温庭筠《更漏子》词："梧桐树，三更雨，不道离情更苦。"②翻：同"反"，表示转折，相当于"反而""却"。③摘花句：意思是当初曾与她有过美好的风流的往事。杜甫《佳人》："摘花不插发，采柏动盈掬。"④碧桃人已去：唐崔护《题都城南庄》："人面不知何处去，桃花依旧笑春风。"⑤屧痕：即鞋痕。屧，木板拖鞋。⑥径：小路。⑦两眉：代指所思恋之人。

这样一位惊鸿照影的美人？

史籍已无从可考，可那份深切的思念却力透纸背，如岁月一般悠长，纵使青丝变成白发也无法忘怀。

词上阕从景起，情景交织。“雨歇梧桐泪乍收”，从秋雨写起，说的是秋雨已经消歇，梧桐树叶不再滴雨。

“泪乍收”似是语涉双关，可以说是梧桐停止滴雨，就好像停止了流泪，如此则梧桐已然通了人性，自是脉脉含情；也可以说是词人听见秋雨暂歇而不再泫然流泪，如此则伤情毕现。但不管作何种解释，词人的伤感都是不变的。

这种伤感之情，也由“遣怀”二句点明。原来词人之所以伤感，都是因为他忆起了曾与伊人有过的一段美好的风流往事，即“摘花销恨旧风流”。

“摘花销恨”出自五代王仁裕《开元天宝遗事》卷二“销恨花”条：“明皇于禁苑中，初，有千叶桃盛开，帝与贵妃日逐宴于树下，帝曰：‘不独萱草忘怀，此花亦能销恨。’”

在这里，词人借以说明自己和昔日的恋人一起度过的那段美好岁月。是啊，那时候，伊人如花，笑盈春园，那时候，闲窗影里，琴曲相映，两人一起看云卷云舒，花开花落，何等浪漫，何等甜蜜！可是这一切都成了“旧风流”！一语“旧风流”，几多惆怅，几多悲伤！

下阕紧承“旧风流”，铺写眼前空寂之景。“帘影碧桃人已去，屧痕苍藓径空留”，化用了唐崔护《题都城南庄》中的“人面不知何处去，桃花依旧笑春风”，表达了好景不常在的感慨和无限怅惘的情怀。你看，帘影招招，碧桃依旧，长满苍藓的小径上，她那娇小的鞋痕犹在，可是人却不知何处去了。此情此景，真是叫人无限叹惋。“两眉何处月如钩？”结句遂以遥遥生问表达了深深的怀念之情。

浣溪沙

残雪凝辉冷画屏①。落梅②横笛已三更。更无人处月胧明③。

我是人间惆怅客，知君何事泪纵横。断肠声④里忆平生。

赏析

又是黄昏时分，瓣瓣梅花在横笛声中，依依飘落。月色如水。

一个寂寞的男子，眼神忧郁，歌喉忧伤，把岁月翻成发黄的线装书，蜷缩在记忆的角落。更鼓声声。

一个寂寞的男子，就是人世间伤心的过客，在回忆中往事中，潸然泪下。花落也断肠……

点评

本词运用了老套的上阕写景，下阕抒情的手法，但景清情切，颇令人动容。"残雪凝辉冷画屏。"残雪是指雪停后留在地面、房屋上的雪，此句是说院子里残雪的余晖衬着月光映在画屏上，使得绘有彩画的屏看上去也显得凄冷。而这时候，幽怨的笛声悄然响起。此处"落梅"并不是指梅花一瓣两瓣地随凉风飘落，而

---

①画屏：绘有彩画的屏风。②落梅：古代羌族乐曲名，又名《梅花落》，以横笛吹奏。③月胧明：月色朦胧。④断肠声：白居易《长恨歌》中"夜雨闻铃肠断声"。

是指古笛曲《梅花落》，李白《司马将军歌》里有句："向月楼中吹落梅。""已三更"说明此时已是夜深，词人无法安寝，静听那笛声呜呜咽咽地惹断人肠，而屋外阒无一人，越发显得月光清辉如此朦朦胧胧。

上阕通过"残雪""凝辉""落梅""三更""月胧明"等字句，营造出了一种既清且冷，既孤且单的意境，大有屈原"世人皆醉我独醒"的孤独感，而这种感觉大抵只能给人带来痛苦和茫然。

下阕，词人紧接着便抛出"我是人间惆怅客"的感喟。好一句"我是人间惆怅客"！纳兰容若可谓是才华绝代的人物，奈何天妒英才，仅活了三十一岁。他在精神气质上颇似贾宝玉的贵胄公子，身居"华林"而独被"悲凉之雾"，读他的词，挚意深情而凄婉动人，这是因为婚后仅仅三年，妻子便因病早逝，自己的精神家园重新被毁，这对他的感情影响极大，之后写了许多篇哀感顽艳的回忆、悼念他妻子的诗词。知道了这些，就知道词人在写词时是怎样一种心情了，就不用再问为什么他说自己是人间惆怅客了。

接下来一句是"知君何事泪纵横"。这个"君"指的是谁？是朋友？是知己？还是那天上朦胧的月亮？都不是，而恰恰就是纳兰自己。当一个人倦了，累了，苦了，伤了的时候，便不禁会忍不住地自言自语，自怨自艾，自问自答，何况是纳兰这样的至情至性之人呢？词句至此，已令读者唏嘘不已，不料还有下一句，"断肠声里忆平生"更是伤人欲死，短短七字，不禁令人潸然泪下……

浣溪沙

记绾长条欲别难[①]。盈盈自此隔银湾[②]。便无风雪也摧残。

青雀几时裁锦字[③]，玉虫连夜剪春幡[④]。不禁辛苦况[⑤]相关。

赏析

你又想起，长亭送别时的难舍难分。那一枝枝折下的柳条，轻轻垂下的，不是柳叶，而是花前月下的甜蜜，西窗剪烛的温馨。而如今，风再吹时，已是芳草天涯。已是盈盈一水间，脉脉不得语。

有人说，爱过，是世界上最富有的。却不知，缘分原是那薄薄的春幡，经不起离别的一握揉皱。等缕缕的叹息声，在舌尖上舞蹈时，我们已经老了。再彼此相望，才发现那张曾经熟读成诵的脸庞，早已不再相识。

---

①绾：缠绕打结。长条：柳条，古人有折柳赠别的习俗。②盈盈：形容水的清澈。银湾：银河。③青雀：青鸟，传说是西王母的信使，后用为信使的代称。锦字：女子寄给丈夫或情人的书信。④玉虫：灯花。春幡：立春日做的小旗。旧时习俗，在立春之日将其悬挂枝头或戴在头上以示迎春。⑤况：正，适。

点评

这是一首抒写离情别绪的词作。清丽典雅，又不失深情婉致。

上阕写离恨。"记绾长条欲别难"是写当时分别的情景。"长条"指柳条。"盈盈自此隔银湾"袭用《古诗十九首》"迢迢牵牛星，皎皎河汉女。盈盈一水间，脉脉不得语"，将自己和恋人比成牛郎织女，分居银河两边。然而牛郎织女还有七夕，还有鹊桥之会，还有"金风玉露一相逢，胜却人间无数"，可是作者和恋人之间有什么？故而，作者慨然叹曰："便无风雪也摧残"，意谓而今纵是无风雪摧逼的好时光，也依然是惆怅难耐。此言，直中能曲，凄婉动人。

下阕连用典故，写企盼之情。"青雀几时裁锦字"，"青雀"即青鸟，传说西王母饲养的鸟，能传递信息，后世常以此指传信的使者。接下是"玉虫连夜剪春幡"，春幡是指立春日做的小旗，当为女子所剪。那么"玉虫连夜剪春幡"所言对象已经不是作者自己了，而是作者想象彼女正在灯下挑灯剪春幡的情景，这不禁让人疑窦顿起：上句分明是言作者自己，而这句怎么猝然言彼呢？其实不难理解。因为上句是盼信，既然锦字不回，作者只好思绪飘然离身，飞入她处，好悉知她的境况如何了。而女子剪幡，好像是盼春，其实是盼望着与情人重聚。此之笔法，堪称迂回曲折，含不尽意。但是这些愿望都成了无望。一句"不禁辛苦况相关"，让人顿从云端跌落，于是失落、忧伤萦怀，难以排遣。

浣溪沙

身向云山那畔[1]行。北风吹断马嘶声。深秋远塞若为情[2]。

一抹晚烟荒戍垒[3]，半竿斜日旧关城。古今幽恨几时平。

赏析

戍守的人已归了，留下边地的残堡。17 世纪的草原，那些身向云山的身影，留给了吹断马嘶的北风。射中过深秋的箭，挂过边塞的铁钉，被黄昏和望归的靴子磨平的晚烟。一切都老了，一切都抹上夕阳的锈。只有一座旧城，不能再瞭望，不能再系马。你黯然地卸了鞍。你的行囊没有剑。历史的锁，没有钥匙。

点评

康熙二十一年（1682）八月，纳兰受命与副都统郎谈等出使觇梭龙打虎山，十二月还京。此篇大约作于此行中。

“身向云山那畔行”，起句点明此行之目的地。“北风吹断马嘶声”中“北风”言明时节为秋，亦称“秋声”。听闻如此强劲，

---

①那畔：那边。②若为情：何以为情，是怎样的情怀。③荒戍垒：荒凉萧瑟的营垒。戍，保卫。

如此凛冽的北风，作者心境若何，可想而知。难怪他会感慨“深秋远塞若为情”。

下阕“一抹晚烟荒戍垒，半竿斜日旧关城”以简古疏淡之笔勾勒了一幅充满萧索之气的战地风光画面。晚烟一抹，袅然升起，飘荡于天际，营垒荒凉而萧瑟；时至黄昏，落日半斜，没于旗杆，而关城依旧。词中寥廓的意境不禁让人想起王维的“大漠孤烟直，长河落日圆”以及范仲淹的“千嶂里，长烟落日孤城闭”。故而张草纫在《纳兰词笺注》前言中言，纳兰的边塞词“写得精劲深雄，可以说是填补了词作品上的一个空白点”。

结尾“古今幽恨几时平”，极写出塞远行的清苦和古今幽恨，既不同于遣戍关外的流人凄楚哀苦的呻吟，又不是卫边士卒万里怀乡之浩叹，而是纳兰对浩渺的宇宙、纷繁的人生以及无常的世事的独特感悟，虽可能囿于一己，然而其情不胜真诚，其感不胜拳挚。

浣溪沙

凤髻抛残[①]秋草生。高梧湿月冷无声。当时七夕记深盟[②]。

信得羽衣传钿合[③]，悔教罗袜葬倾城[④]。人间空唱雨淋铃[⑤]。

赏析

抚摸不到她的青丝一缕。枯黄的秋草，就是她小小寂寞的坟，就是你遥遥的天涯。梧桐有多高，月亮有多远，你有多么沉默。还记得吗?

当她的长发缀满了春光，你就闻闻上面的花香。当她的脸庞映着夜的芬芳，你就吻吻上面的月光。你说，送给爱一片落叶，不要问为什么。只知道，在七夕的誓言里，它曾经那么鲜绿，那么烂漫过。而今，花自飘零水自流。你用夕阳葬下她的芳魂，用泪流成河的喉，再唱一千遍，那首古老的歌。

---

①凤髻抛残：指鬓发散乱。凤髻是古代女子的一种发型。②当时句：指唐明皇与杨贵妃曾在七月七盟誓，愿永为夫妇。③羽衣：原指用鸟的羽毛织成的衣服，后代指道士或神仙所穿之衣。这里指道士。钿合：首饰盒。④罗袜：丝罗织成之袜。此处代指亡妻的遗物。倾城：绝色美女的代称。这里代指亡妻。⑤雨淋铃：据唐郑处诲《唐明皇杂录补遗》，唐明皇曾作《雨霖铃》曲以悼念杨贵妃。

点评

这是一首低回缠绵、哀婉凄切的悼亡之作。词中借唐明皇与杨贵妃之典故，深情地表达了对亡妻绵绵无尽的怀念与哀思。

首句“凤髻抛残秋草生”言妻子逝世。“凤髻”指古代女子的一种发型。唐宇文氏《妆台记》载：“周文王于髻上加珠翠翘花，傅之铅粉，其髻高名曰凤髻。”“凤髻抛残”，是说爱妻已经凄然逝去，掩埋入土，她的坟头，秋草已生，不甚萧瑟。“高梧湿月冷无声”句描绘了一幅无限凄凉的月景。妻子去后，作者神思茕茕，而梧桐依旧，寒月皎皎，湿润欲泪，四处阴冷，一片阒寂。临此寞寞落落之景，作者不禁想起七夕时的深盟。据陈鸿《长恨歌传》云：天宝十载，唐玄宗与杨玉环在骊山避暑，适逢七月七日之夕。玉环独与玄宗“凭肩而立，因仰天感牛女事，密相誓心，愿世世为夫妇。”“当时七夕记深盟”句即用玄宗杨妃之事来自比，言自己和妻子也曾像李杨一般发出“梧桐相待老，鸳鸯会双死”的旦旦信誓。

下阕尽言悼亡之情。“信得”两句亦用李杨典故以自指。据陈鸿《长恨歌传》，安史之乱后，唐玄宗复归长安，对杨贵妃思怀沉痛不已，遂命道士寻觅，后道士访得玉环，玉环则“指碧衣取金钿合，各析其半，授使者（指道士）。曰：‘为谢太上皇，谨献是物，寻旧好也。’”此处作者的意思是说，原来相信道士可以传递亡妻的信物，但后悔的是她的遗物都与她一同埋葬了，因此就不能如玄宗一般，“唯将旧物表深情，钿合金钗寄将去”。此言一出，即谓两人之间已经完全阴阳相隔，不能再幽情相传，一腔心曲，再也无法共叙。于是只能“人间空唱雨淋铃”。“雨淋铃”，即雨霖铃，唐教坊曲名。据唐郑处诲《唐明皇杂录补遗》云：“明皇既幸蜀，西南行初入斜谷，属霖雨涉旬，于栈道雨中闻铃，音与山相应。上既悼念贵妃，采其声为《雨霖铃》曲，以寄恨焉。”作者用此语，意谓亡妻已逝，滚滚红尘，茫茫人间，如今唯有自己空自怅痛了。

一句“人间空唱雨淋铃”，悲恻凄绝，哀伤怆恨，唱出了纳兰字字泣血的心声，如寡妇夜哭，缠绵幽咽，不能终听。

纳兰性德作为一个出身显赫的富家公子，虽然身世得到很多人的羡慕，但是自己并不快乐。他是个率性而自然的人，然而不如意的爱情让他饱受折磨。他自幼天资聪颖，读书过目不忘，数岁时即习骑射，后又入太学，举进士，成为皇帝的近臣，但是却十分厌恶官场的生活。加之婚姻悲剧事故的摧残，纳兰在之后所作的大部悼亡诗词中，一再流露出哀婉凄楚的不尽相思之情和怅然若失的怀念心绪。他的悼亡之词婉丽凄清，真挚深切让人不忍卒读。这一首词也同样如此，毫无矫揉造作的成分，只有一份真情融在其中，令人读罢不禁黯然神伤。

义山有诗“劝栽黄竹莫栽桑”，沧海桑田，有几段感情经得起沧海桑田呢？世人最不愿看见的事往往是最常、最易发生的事。他现在为杨妃为之一哭，为亡妻为之一哭，而其情又有谁可以为之一哭呢？

浣溪沙

十二红帘窣地深[①]，才移刬袜[②]又沉吟。晚晴天气惜轻阴[③]。

珠衱佩囊三合字[④]，宝钗拢髻两分心[⑤]。定缘何事湿兰襟[⑥]。

赏析

整个早晨，你想编一个花环，把两个人的爱围住。但花儿却滑落了。

黄昏的时候，你垂下红帘，把自己深深地藏起来。可是藏不住的夕阳，流淌出来。

落霞与孤鹜齐飞时，爱的，不爱的，都已告别。只剩柔情在徘徊不安。相爱的季节。

你虽然有柳树的腰肢，桃花的眼神，芳草的发髻。但春天又要走了，你不知道，花落谁家。夜晚，花瓣合起。你为谁憔悴？不过是缘来缘散，缘如水。

---

①十二红：太平鸟的别称。窣：下垂。②刬袜：只穿袜子而不穿鞋。五代李煜《菩萨蛮》词："袜刬步香阶，手提金缕鞋。"③轻阴：疏淡的树荫。④珠衱：饰有珠玉的腰带。三合字：在两个香囊上各绣三个半边字，合在一起即成三个字。男女双方各戴一个香囊以示爱情。⑤两分心：女子的发型，从中间分开。⑥定缘：前世注定的姻缘。何事：为什么。兰襟：衣襟。

点评

此篇写闺怨。词只就少女的形貌作了几笔的勾勒，犹如两组影像的组接。

上阕描写闺中场景和她犹豫不定的行动。“十二红帘窣地深，才移划袜又沉吟”，绣织有太平鸟的红色帘幕垂挂在地上，刚刚移动了脚步又迟疑起来。

起首这两句，通过描写垂挂的帘幕和犹疑的行为，渲染出女主人公若有所思、怅然若失的情态，把她的生活环境和内心矛盾含蓄而细腻地揭示了出来，为全词营造出迷离恍惚的意境。

下阕是其梳妆打扮的特写。“珠衱佩囊三合字，宝钗拢髻两分心。”钗不仅是一种饰物，还是一种寄情的表物。古代恋人或夫妻之间有一种赠别的习俗：女子将头上的钗一分为二，一半赠给对方，一半自留，待到他日重见再合在一起。辛弃疾词《祝英台近·晚春》中的“宝钗分，桃叶渡，烟柳暗南浦”，即在表述这种离情。故此词中“宝钗拢髻两分心”实际上饱含女主人公与自己所爱分离的痛楚。

也正是因此，才有了末句“定缘何事湿兰襟”的疑问：我俩的姻缘是前世注定的，你为什么还要泪湿衣襟呢？看其语气，是在反诘，似乎对前景充满信心，其实隐忧无限。或许女主人公早已清楚，这一美好姻缘在现实中屡遭创伤，几经磨难乃至难以为继，而自己又委实难断情缘，遂以慰语自安，亦求安人。

浣溪沙

欲寄愁心朔雁边①，西风浊酒惨离颜②。黄花时节碧云天③。

古戍烽烟迷斥堠④，夕阳村落解鞍鞯⑤。不知征战几人还。

赏析

在边塞送客。寒秋苍茫，大地苍茫，你的别情苍茫。

“我寄愁心与明月，随风直到夜郎西。”在离别的筵席上，你始终无法做到红尘一笑，行到水穷处，坐看云起时。

因为，这里的天，是碧云天。这里的地，是黄花地；因为，这里，温一壶离愁，就能将心中的悲伤喝个够。孤帆远影碧空尽。

终于，故人走了。留下一股烽烟，一片夕阳，一座城楼，一件马鞍。有人说，守着它们一生的人，不知道有几个可以生还。

---

① 欲寄句：李白《闻王昌龄左迁龙标遥有此寄》诗：“我寄愁心与明月，随风直到夜郎西。”朔雁：边地之雁。②惨离颜：谓离别时忧愁凄苦之形貌。③黄花句：元王实甫《西厢记》：“碧云天，黄花地，西风紧，北雁南飞。”④古戍：古时戍守之处。烽烟：古时边防报警的烽火。斥堠：侦察的人。⑤解鞍鞯：谓卸去行装以驻扎安营。

点评

纳兰词多偏婉约一脉，很多词读来忧伤默默，哀婉不尽。然而偏偏他也有几首偏向豪放的词，这首《浣溪沙》就是其中之一。

上阕写客中送客。首句借用李白《闻王昌龄左迁龙标遥有此寄》诗：“我寄愁心与明月，随风直到夜郎西。”词人引用李白诗句，自然道出了他对友人的一片深情。“西风浊酒惨离颜，黄花时节碧云天”两句描述了秋日边地惆怅的离别场景。“西风”句谓秋风中，浊酒一杯，为君饯行，离别的筵宴，不胜忧愁凄苦。“黄花时节碧云天”一句从高低两个角度描绘出寥廓苍茫、萧飒零落的秋景，渲染了离别的苦况。

下阕写边关苍茫凄清之景。由于是塞外送客，且友人也是前往边地，所以别筵罢后，词人不禁想到边地戍守情形。“古戍烽烟迷斥堠，夕阳村落解鞍鞯”即是言此。古戍苍苍，烽火已燃，硝烟顿起，戍卒登楼眺望；残阳西落，军卒夕归，卸去行装，驻扎安营。此二句颇能见出纳兰边塞词的雄浑苍凉。结句“不知征战几人还”，袭用王翰《凉州词》“醉卧沙场君莫笑，古来征战几人回？”表达了对边地士兵的悲悯之情，引人思索。

浣溪沙

败叶填溪水已冰，夕阳犹照短长亭[①]。何年废寺失题名[②]。

倚马客临碑上字，斗鸡人[③]拨佛前灯，净消尘土礼金经。

赏析

萧瑟秋风今又是。这样的季节，你身只影孤，踽踽独行，来到了一座废弃的庙宇。你看见叶子枯黄，在溪水里飘零。你看见长亭依旧，送别的人，却早已不在天涯行路。

你骑上骏马，奔走在无人的荒野。看见那些残垣断壁，那些荣辱浮沉，终是悲欢离合总无情。

人生，天下，江山，伊人，美酒，剑，晓生梦绕。一片落红，一身孤独，一杯浊酒。万物都成空。

点评

这首词大约是作者于旅途中见到了“废寺”，由此生情动感，遂填词以寄今昔之慨。

---

① 短长亭：亭，古时设在路旁供行人休息的亭舍。因各亭之间的距离长短不一，故有“长亭”“短亭”之说。②失题名：谓已荒废之古寺，其寺名亦不可知了。③斗鸡人：指贵族子弟。

上阕写废寺之外景，荒凉冷寂，繁华消歇。“败叶填溪水已冰”。秋天的树叶凋零了，遂成“败叶”，而萧瑟的秋风又将这些枯叶吹到了溪水里。“填”字说明败叶之多，给人一种沉重压抑之感。“水已冰”说明时令已值深秋初冬。“夕阳犹照短长亭”说的是荒秋暮景。黄昏时分，夕阳斜照长亭短亭，而行人已经杳无踪影。此句勾勒的残阳落照、野亭萧然的暮景与前句“败叶填溪水已冰”的意境十分相合，遂为全词定下凄凉的基调。“何年废寺失题名。”古人游览庙宇时常题名以资纪念，这些题名经年遭受风吹雨打，最终模糊难辨，以至作者想要追问这究竟是哪一年的寺庙。这一句是正面渲染废庙的冷落苍凉。

下阕写废寺内景，残破不堪，香火断绝。“倚马客临碑上字，斗鸡人拨佛前灯。”此二句谓到此寺中之人已非往日的善男信女，而是前来闲游的过客，或是贵族豪门的公子哥们。其中“斗鸡人拨佛前灯”一句用了唐朝贾昌的典事。唐玄宗好斗鸡，在两宫之间设立斗鸡坊。贾昌七岁，通晓鸟语，驯鸡如神，玄宗任命他为五百小儿长，每天赏赐金帛。贾昌父亲死，玄宗赐他葬器。天下人称其“神鸡童”。贾昌被玄宗恩宠四十年。天宝年间，安史之乱爆发，玄宗仓皇奔蜀，贾昌换了姓名，依傍于佛寺。其家被乱兵劫掠，一物无存。大历年间，贾昌依存于寺僧，读佛经，渐通文字，了解经义。日食粥一杯，卧草席。作者用贾昌的故事显然是说寺庙的命运同人的命运一样，在风雨流年中饱经盛衰兴亡、荣辱浮沉，最终繁华不再，一切归于荒凉冷落。结尾“净消尘土礼金经”，更是精警妙出，充分体现了纳兰词“君本春人而多秋思”（梁佩兰评性德语）的凄凉哀婉之风。

霜天晓角

重来对酒，折尽风前柳。若问看花情绪，似当日、怎能彀[①]。

休为西风瘦，痛饮频搔首[②]。自古青蝇白璧，天已早、安排就。

赏析

人间四月天，你们又一次举起别离的酒杯。丝丝杨柳，丝丝话语，不能作别。

想当年，壮志凌云，逸兴湍飞，书生意气，挥斥方遒。那是少年的梦，那是侠客的情，令人魂牵梦萦。如今，同样是饮酒赏花，你却问，当时绽若烟花的菊，为何此刻却含苞如彼此指尖上沉重的心事？

西风北客两飘零。还是痛饮美酒吧。毕竟，人生如水泄平地，各自东南西北流。

点评

这首词像是与友人共酌而抒发的感慨。

上阕说重又对酒作别，而此时的心境与当日大不一样，颇

① 彀：同“够”。②搔首：以手搔头，是为人之焦急或有所思的情态。

蓄惜别之情。“折尽风前柳”是用折柳送别的旧典。汉代都城长安东门外的灞桥柳色如烟，都城人们送别亲友至灞桥而止，折柳枝为赠。此后折柳赠别成为我国民俗，故南朝范云诗有“春风柳线长，送郎上河桥”之句。而一个“尽”字，写出了词人的深情——似乎只有折完风前细柳才能显示出他对友人的惜别之情。

离别总是黯然销魂，也总能勾起千般感触、万种思量涌上心头。于是就有接下来的“若问看花情绪，似当日、怎能彀”。这三句是说别情之外的心绪。饮酒赏花，当为人生快事，只是情绪低落，怎是以前所能相比？想当年少年意气，何等壮志。可如今，只有一声长叹。至此，上阕的情感基调已经由伤别转入对世事人生的感叹，词遂进入下阕。

“休为西风瘦，痛饮频搔首。”这是词人慰己慰友之词。因为上阕里追忆往事，感慨万千，心潮汹涌而不能自持，所以词人就劝慰到，还是少叹于西风古道这些扫兴之事了，毕竟相聚不易，还是赶紧痛饮美酒吧。

最后三句，“自古青蝇白璧，天已早、安排就”。“青绳白璧”，语出陈子昂《宴胡楚真禁所》“人生固有命，天道信无言。青蝇一相点，白璧遂成冤”，词人用此典，意谓自古英雄没有几个可酬壮志，白璧给青蝇一点便成败物，我们又何多愁如此，既然上天早已安排好，就无须多言，且饮酒为乐吧。出句貌似洒脱，实大有不平之鸣，然劝慰之意殷殷，彰显出对友人的一片深情。

菩萨蛮

黄云紫塞[1]三千里，女墙[2]西畔啼乌起。落日万山寒，萧萧[3]猎马还。

笳声听不得，入夜空城黑。秋梦不归家，残灯落碎花[4]。

赏析

边塞三千里，何处是尽头？

大漠孤城着甲衣，尽是金戈铁马忆。几缕风声萧瑟，数声枯鸦悲啼。日落西归，群山畏寒而呜咽。北风呼啸，战马巡狩亦回营。

纵然相思起，无人将把胡笳吹。

天已黑，夜已深，空城待人归。欲入梦中寻故乡，却被秋风扰，执笔待把愁思藏。

点评

上阕描绘边塞黄昏苍凉的秋色。首二句，“黄云紫塞三千里，女墙西畔啼乌起”。“黄云紫塞”，指黄河长城一带的西北边塞

---

①黄云：北方边地多沙尘，故其云称黄云。紫塞：长城。②女墙：城墙上呈凸凹状的短墙。③萧萧：马嘶声。④落碎花：灯花掉落。

之地，距京师有数千里之遥。“黄云”出自唐诗人王之涣名句“黄河远上白云间”。“紫塞”，据《古今注》：“秦筑长城土色皆紫，汉塞亦然。”一说雁门草皆紫色，故名。“女墙”，城上墙名女儿墙，词中指代城墙。此二句以如椽之笔写景，不胜开阔，直追盛唐边塞诗。单看之，无丝毫狭小局促、郁郁寡欢之感，谓词人被边塞特有的秋景深深吸引，亦无不可。接下是“落日万山寒，萧萧猎马还”，豪壮大气不改，初添萧索苍茫之感。上阕四句，连而读之，自是一幅流动的画面：近有城墙西边的“啼乌”，远则是落日与群山，在红红的落日与苍莽的群山的衬托中，又有猎马飞驰而来。词中的景，有声、有色、有动、有静，把边塞景色的特点，完全体现出来了。

下阕是描绘入夜之景和抒发思乡之情。“笳声听不得，入夜空城黑。”“笳声”指胡笳声。塞上本来就多悲凉之意，与词人的远戍之苦、思家之心，融合在一起，而胡笳吹起时，那呜呜的声音，使边地的开阔感和词人的惊异感顿然消失，充溢着的是一片悲凉的情调，词人的心情也随之沉重起来。所以词人说“笳声听不得”，因此整阕词的词情在微微的灰白之后，忽然黯淡起来。而“空城黑”三字，又为词境增加了些许荒漠凄凉之意。这两句在肃杀中寓悲凉，展现出词人已经蓄满的感情，直至引出末二句“秋梦不归家，残灯落碎花”。“秋梦不归家”是抒情，是感叹，道出了深蕴的悲怆孤独的思乡之情。“残灯落碎花”是写眼前实景，诗人“归家”而不得，希冀于梦中，又不能入睡，就只能在“残灯”下独坐了。

菩萨蛮 寄梁汾苕中[①]

知君此际情萧索，黄芦苦竹孤舟泊[②]。烟白酒旗青，水村鱼市晴。

柁楼[③]今夕梦，脉脉春寒送。直过画眉桥[④]，钱塘江上潮。

赏析

同是天涯沦落人，相逢何必曾相识。送别的时候，总是能想起白乐天的那首《琵琶行》。

其实，相逢就是再一次的离别。离别就已相识，不必沦落天涯。所以，送别的时候，可以不必烟雨朦胧，不必高楼目断。

海内存知己，天涯若比邻。无为在歧路，儿女共沾巾。这是唐诗里的豁达从容。

才始送春归，又送君归去。若到江南赶上春，千万和春住。这是宋词里的轻松风趣。

如今，又是送别。你尽可以忘记往日的悲切。吟一首小诗，

---

①苕中：浙江湖州有苕溪，故称湖州一带为“苕中”。②黄芦句：唐白居易《琵琶行》诗：“住近湓江地低湿，黄芦苦竹绕宅生。”③柁楼：船尾舵工操舵的小楼，此谓船中居宿。④画眉桥：顾贞观《踏莎美人》词“双鱼好托夜来潮，此信拆看，应傍画眉桥”。

奏一曲古琴。一声声，一缕缕，你便已将故人送过了钱塘江畔……

点评

梁汾是顾贞观的号。顾贞观，明代东林党人顾宪成的曾孙，生于崇祯十年（1637），幼习经史，尤好诗词。他少年时就和太仓吴伟业、宜兴陈维崧、无锡严绳孙、秦松龄等人交往，并加入他们的慎交社。虽然他年纪最小，但“飞觞赋诗，才气横溢”。清廷慕其才学，于康熙三年（1664）任命他担任秘书院中书舍人。康熙五年（1666）中举后改为国史院典籍，官至内阁中书，次年康熙南巡，他作为扈从随侍左右。康熙十年（1671），因受同僚排挤，落职返回故里。之后一直沉沦下僚。康熙十七年（1678）康熙下令开设“博学鸿词科”，他方才和一批文坛精英诸如朱彝尊、陈维崧、严绳孙、姜宸英一起被荐到京。康熙二十年（1681），其母去世，顾贞观回无锡奔丧。清康熙二十一年（1682），他人在苕中，所以此阕副题为“寄梁汾苕中”。

此篇全从想象落笔，化虚为实，颇有浪漫色彩。上阕，首句是“知君此际情萧索”，设想梁汾此刻正于归途中，心情萧索。“知君”二字，几多感念，几多体味！“黄芦苦竹孤舟泊”一句，化用了白居易《琵琶行》中“黄芦苦竹绕宅生”以形容梁汾的情形颇似当年被贬湓江的江州司马。但途中停泊处却是水村鱼市，烟白旗青，一派平静安详。“水村鱼市晴”句，一改王禹偁《点绛唇》中“水村渔市，一缕孤烟细”的孤独苦闷情怀，而出之于平淡祥和。

下阕进一步想象夜间他在舟中做着孤寂轻梦的情景。夜宿柁楼，今夕一梦，春寒脉脉，为君送行。最后两句由萧索转为慰藉，以“直过画眉桥，钱塘江上潮”的谐语慰之，既温情又佻达。此处“画眉桥”，一是用临近的地名代指梁汾故乡，以烘托出一种温馨的气氛；二来暗用汉张敞为妻画眉的典故，喻祝他合家团聚。容若戏谑梁汾归心似箭，望他家庭和美幸福得享隐居钱塘江畔的安逸生活，亦显出真正的好友之间言谈无忌自如。

这一阕，不同于容若词中别的送别赠友词。虽以萧索起笔，却不再是铺天盖地普天万物同愁，而是有豁达的劝慰和祝福。尤其是最后两句，虽然有同情有隐怨，却又令人宽慰解颐。无怪有评家极口称赞结穴两句：“笔致秀绝而语特凝练。”

菩萨蛮

隔花才歇廉纤雨[①]，一声弹指[②]浑无语。梁燕自双归，长条脉脉垂。

小屏山色远[③]，妆薄铅华[④]浅。独自立瑶阶[⑤]，透寒金缕鞋[⑥]。

赏析

波渺渺，柳依依。双蝶绣罗裙的女子，你与幸福，只有一朵花的距离。但是春天却送来绵绵细雨，让你久坐闺中，辜负了美好的芳春。

天晴的时候，双燕已归，柳枝低垂。娇嗔如你，一春弹泪话凄凉。寒夜到来，你掩上望归的门。默默地，朱粉不深匀，闲花淡淡春。

想他的时候，你独自站在瑶阶上。柔肠已寸寸，粉泪已盈盈。

点评

此词内容当是触眼前之景，怀旧日之情，表现了闺中女子伤

---

①廉纤雨：绵绵细雨。②弹指：极短的时间。③小屏句：小屏风上绘有远山的图案。④妆薄：淡妆。铅华：铅粉，化妆品。⑤瑶阶：石阶的美称。⑥金缕鞋：绣有金丝的鞋子。

春伤离的痛苦和不尽的深思。

上阕第一句“隔花才歇廉纤雨”，绵绵的春雨刚刚停止。“隔花”二字让人想起欧阳修的“隔花啼鸟唤行人”。欧阳修这句是描写春物留人，人亦恋春，明明是游人舍不得归去，却说成是啼鸟出主意挽留。

不过，此篇里的闺中女子是否有此心怀，不得而知。但对春雨，她分明有一种朦胧的娇嗔：蒙蒙的春雨持续了这么长时间，以至于弹指一算，离别已久，竟辜负了美好的春光，遂孤寂无聊，实在无语可述。

虽然此时“浑无语”，但是伤春的意绪已然萌动。于是她看见了梁间的燕子，也要感叹一下它们是“自双归”，一个“自”，似乎写出了她的艳羡之情。

下阕仍是一句一景，只是视点由室外转到室内，大概是因为此女子临景伤春，不胜春愁，以至于退避屋内。

首句“小屏山色远”，这里的“山”是画屏上的山，如牛峤《菩萨蛮》所说的“画屏山几重”。这一句所写的情境，《花间集》中颇多见，如毛熙震《木兰花》“金带冷，画屏幽，宝帐慵熏兰麝薄”，张泌《河传》“锦屏香冷无睡，被头多少泪”，都可作为理解此句的参考。

此处，值得玩味的是这个“远”字，虽然它可以理解为小屏风上绘有的远山之画图，但是给人的感觉似是另有所指，或者是远方的恋人，或者是一种幽远的情思。“妆薄铅华浅”三句，像是对她的特写，第一句言淡美的妆容，第二句言独伫瑶阶的寂寞，第三句言寒冷的金缕鞋。这三句既写出了她的自怜之情，也写出了她的孤寂之心，还写出了她得不到安慰与温暖的失望心理（不然就不会用“透寒”二字了），真可谓幽微深婉、饶有韵味。

菩萨蛮

新寒中酒[①]敲窗雨，残香细袅[②]秋情绪。才道莫伤神，青衫湿一痕[③]。

无聊成独卧，弹指韶光[④]过。记得别伊时，桃花柳万丝。

赏析

孤独的你，是那散落的梧桐叶子，经不起时光，风雨，化作黄叶飘去。

刚刚还在劝慰自己，不要黯然神伤。可青衫已湿，不知是何时滴落的泪。回想与伊人分别的时候，正是人面桃花相映红的三月。

那姹紫嫣红的小园外，杨柳如烟，丝丝弄碧。当寂寞在唱歌的时候，伊人唱着寂寞，执子之手，与你分离……

点评

此篇写春日与伊人别后的苦苦相思。上阕前二句写此时相思

---

① 中酒：醉酒。②袅：烟雾萦绕。③青衫句：谓由于伤心而落泪，致使眼泪沾湿了衣裳。青衫，古代学子或官位卑微者所穿的衣服。④弹指：这里指极短的时间。韶光：美好的时光。

的情景，接二句转写分别之时的情景。下阕前二句再写此时无聊情绪，后二句又转写分别时的景象。小词翻转跌宕，伸张有致，其相思之苦情表现得至为深细。

“新寒中酒敲窗雨，残香细袅秋情绪”二句描画情景。初寒天气，敲窗密雨，袅袅残香，向人细诉悲愁的情绪。而人则似醉非醉，寂寞无聊。接下是“才道莫伤神，青衫有泪痕”。词人对自己说：不要黯然神伤，应该放开怀抱，岂料在不知不觉间又泪湿青衫。这两句，把伤心人的心理状态绘写得很细腻，与“为怕情多，不做怜花句”拒避无奈的心态极为相似。

下阕承上阕，续写此际心绪无聊，谓自己坐卧不宁，百无聊赖。而此时韶光转瞬即逝。“弹指”为佛家语，指极短极快的时间。《僧祇》云：“十二念为一瞬，二十瞬为一弹指。”但是即使韶光易过，词人的思念却依旧清晰如水波明镜，毫无裂痕。最后二句更进一层，说明不能忘却的旧情：当此拥被独卧之时，仍然记着与伊人分别时的情景，那时桃红柳绿，春色旖旎，更加显出今日的冷落凄凉。

这首词在写法上也别具特色。词人先写以酒消愁，百无聊赖的情绪，描绘了秋风秋雨萧瑟的画面，但当词人将凄凉的色调越涂越浓时，最后两句竟是别样的桃红柳绿。这甜美的回忆，与枯寂惨淡的现状的对比，温馨中夹杂着苍凉，使情更为惨淡。这不仅是事物冷暖色调的矛盾，更是词人心境矛盾的流露，夜晚的孤寂清晰可见。

菩萨蛮

问君何事轻离别，一年能几团圆月。杨柳乍如丝。故园春尽时。

春归归不得，两桨松花[①]隔。旧事逐寒潮，啼鹃[②]恨未消。

赏析

再次打开信封时，你已经到了天涯。剩有伊人，独自在你们暂相逢的花前月下，徘徊，遥遥地向你发问——夫君，你为何不重离别？

伊人话未毕，而泪长流。眼神里的问号，一夜飞渡镜湖月，直至绝塞，直至你的身旁。其实，你又何尝不知，家中的她，长向月圆时候望人归？

只是王事，如松花江的寒流，阻你归去。伊人的遗恨，从此，与三百六十五日的残月共鸣。

点评

这首词大约作于康熙二十一年（1682）。作者扈从随行康熙帝由北京到盛京告祭祖陵。时值寒冬，词中可见故园之思。

---

①松花：松花江。②啼鹃：传说蜀王杜宇失位后魂化为子规鸟（即杜鹃），啼声哀苦。此鸟“规”字与“归”谐音，故后人以此鸟鸣作为思归之声，表达思归之意。

上阕由问句起。“问君何事轻离别”，这句是故意模拟妻子口吻质问词人自己：你为何轻视离别？表面上是妻子恼我，骨子里是我谅妻子，笔致深情而委婉。接以“一年能几团圆月”句，其怅叹离多会少之情已见。

那词人真的是“轻离别”吗？《长相思》中言：“风一更，雪一更，聒碎乡心梦不成，故园无此声。”词人不是“轻离别”，只是身为康熙皇帝的一等侍卫，他随扈出行，不得不离，不得不别。

“杨柳乍如丝，故园春尽时”二句出之以景语，以美好的春色反衬有家难归的悲凄。“乍如丝”是形容北地的杨柳的柳条已经细而长了，可见季节是在仲春，那么此时“故园”也就春意阑珊了。

下阕明确点出“归不得”之由，即扈驾从巡，身不由己。“春归归不得”一句上承“杨柳乍如丝，故园春尽时”，言春尽而不能归的怅惘心情。“两桨松花隔”，南朝民歌《莫愁乐》：“莫愁在何处？莫愁石城西。艇子打两桨，催送莫愁来。”词人反其意而用之，谓被松花江阻隔，不能回去。表面是怨江，实际上是怨侍卫之差事阻其归家与妻子相聚。

结篇二句是此时心态的描写，即追思往事，令人心寒，犹如眼前松花江水的寒潮起伏，不能平静。

这阕词，话说得比较直致，但内容还有曲折，首句的拟言和结句的用典都为本词增加深沉婉转之情，深婉感人。

菩萨蛮

萧萧几叶风兼雨，离人偏识长更[①]苦。欹[②]枕数秋天，蟾蜍下早弦[③]。

夜寒惊被薄，泪与灯花落。无处不伤心，轻尘在玉琴[④]。

赏析

在秋雨秋风萧瑟中，听你低吟：此情无计可消除，才下眉头，又上心头。

在离人的眼中，一夜五更，更更孤枕更更愁。寒的夜，薄的被，残的月。

一日不见，如隔三秋。那是诗经说的。见不到你的日子，短暂的瞬间，漫长的永远。那是你说的。

曾经以为，伤心是会流很多眼泪的；原来真正的伤心，是流不出一滴眼泪。

---

①长更：指长夜。②欹：依，倚。③蟾蜍句：谓月亮已过了上弦，渐渐地圆了。蟾蜍，代指月亮。早弦，即上弦。④玉琴：琴之美称。

点评

“萧萧几叶风兼雨”，上阕起调句，不仅点出节气，而且兼有渲染气氛，烘托情绪的作用。“萧萧”状风雨声，以声传情，用得自然而巧妙，为写相思怀人布设了特定背景。

“离人偏识长更苦”一句，承“风兼雨”而来，由隐而显，直抒离人的相思之苦。“偏识”二字，无理却有情，绘声绘色地写出了词人“屋漏偏逢连阴雨”式的幽怨之情。

“欹枕数秋天，蟾蜍下早弦”二句，从耳闻转写目见。被风雨声搅得无法入睡的离人，此刻斜靠着枕头，静静地数着秋夜的天空，看见月亮已过上弦，渐趋圆满。“蟾蜍下早弦”明写月，暗写人，谓月亮都圆了，可是自己还是不能归家团聚，与苏子“不应有恨，何事长向别时圆”有异曲同工之妙。

下阕承上阕耳闻、目见，转从心理感受方面摹写思家怀人之情。“夜寒惊被薄，泪与灯花落。”秋风雨夜，寒凉惊心，薄衾难御，独对此景，灯花闪烁，泪光闪烁。用“灯花”来渲染青灯照壁，冷清寂寞的心境，唐人戎昱曾有“孤灯落碎花”，“孤”字既实写诗人环境的冷清，又传达出了他主观感受上的寂寞。纳兰此处“泪与灯花落”，较之戎昱，有过之而无不及，有些李商隐“蜡炬成灰泪始干”的感觉。结尾两句“无处不伤心，轻尘在玉琴”，是全词抒情达意的脉穴，写尽词人愁极而伤、伤情难遣的复杂情态，使其深细凄婉之情见于言外。

有人说，“纳兰多情而不滥情，伤情而不绝情”，他一生有过不少“悼亡之吟”“知己之恨”，那些不幸的爱情经历为他的创作植入了影影绰绰的凄凉情怀。这首词就是表达心中寂寞之情、孤苦之意的一首代表作，字里行间，景中意外，都是纳兰性德无限孤寂、忧伤的情思。

菩萨蛮

乌丝画作回纹纸[①]，香煤暗蚀藏头字[②]。筝雁十三双[③]，输他作一行[④]。

相看仍似客，但道休相忆。索性不还家，落残红杏花。

赏析

远方的伊人，把信写得长长的，没有最后一行。

每一个字，都像她的皱眉，她的笑，她浅浅的酒窝。展开信笺，古筝脉脉，你也无心去弹。它的十三根弦上，飞起了十三双传递相思的鸿雁。

你知道。你的手，早已只属于她的荷包，她的口唇，她的双手围成的家。然而，杏花落了，你仍未还家。你在边塞，成了她今生最美的客。

点评

容若妻妾中唯有沈宛擅长作诗，故此词可能是为赠沈宛而作。

---

① 乌丝：指有墨线格子的笺纸。回纹：原指回文诗，此处代指意含相思之句的诗。②香煤：有二解，一指妇女的眉笔，二是指点燃的香火。藏头字：藏头诗，一种游戏诗体，每句的头一字可组成完整的话。这句是说谱中每句的头字被墨涂掉了。③筝雁句：古筝上有十三根弦，每根弦两头各有一柱，斜着排列如雁行，故称。④输他句：指人是孤单的，不如筝柱成双。

“乌丝画作回纹纸”，首句言妻子寄来书信。乌丝，即乌丝栏，有墨线格子的纸。

唐李肇《唐国史补》：“宋亳间，有织成界道绢素，谓之乌丝栏，朱丝栏。”宋袁文《瓮偏闲评》卷六：“黄素细密，上下乌丝织成栏。其间用墨朱界行，此正所谓乌丝栏也。”回纹，指回文诗，因须用回环的方式书写，所以称为“画”。

前秦窦滔妻子苏若兰曾作《回文璇玑图》一诗赠夫，后来就把妻子的信称为回文锦书。

词人收到妻子的书信后，便拆开来看，发现“香煤暗蚀藏头字”，即来信中，妻子用眉笔或火头蚀去了藏头诗的第一个字，让丈夫猜是什么意思。妻子此举，是要和词人玩诗词游戏，以通心曲，这自然会勾起词人的思念之情。于是就有了下一句的“筝雁十三双，输他作一行”。“筝雁”，即筝柱，柱行斜列如雁阵。《隋书·乐志下》谓筝为十三弦之拨弦乐器，故云。“输他”，犹言让他（它）。

此二句言十三根弦的筝柱前后排列，形成了齐齐整整的一行，意谓就让它静静地排列为一行，无心去弹拨了；而“十三双”中的“双”字似乎道出夫妻分居两地，还不及雁柱成双的郁郁之情，可谓一语双关。

词的上阕，句句用典，层层铺垫，以古奥深雅之笔委婉道出词人收到妻子信后的思家怀人之情。

下阕出之于幽婉含蓄，抒发词人内心怅惘无奈的心情。沈宛于康熙二十三年（1684）归性德后，性德仍是十分忙碌，除平时需要入宫执勤外，还常随康熙出巡，或执行公务，在家中的时间很少。所以词人此处言：“相看仍似客，但道休相忆。”末句“索性不还家，落残红杏花”为妻子赌气之语，意谓：索性不要回来了，杏花都落尽了，你还回来干什么。

妻子此语，自是针对词人行踪不定、归期遥遥而发的，所以故意以恼怒的口吻嗔怪他，并非真恨真怨，只不过是要用怨语气气他，以泄心头因相思疑心而产生的郁闷，而这恰恰也是对他深爱的一种曲折心理的表现。

整首词是一幅适宜远观之画，屋内诗句微浸墨，古筝静默，词人青衫独立在外，落花轻扬，枯残杏花枝丫于秋色之中鲜明。词意低回婉曲，结尾处悠然不尽，将纳兰恨意难平、相思无解的复杂心绪娓娓道来。

菩萨蛮

阑风伏雨催寒食[1]，樱桃一夜花狼藉。刚[2]与病相宜，琐窗[3]薰绣衣。

画眉烦女伴，央及[4]流莺唤。半饷试开奁[5]，娇多直自嫌[6]。

赏析

雨下得永远没有最后一滴。待字闺中的女子，看见樱桃花的凋零，像一首安魂曲。

病中，她有时，温柔在一个人巴山夜雨的诗句里，比春天更为生动。有时，又长在相思树，那一圈圈不断扩大的年轮里。

寂寞的时候，她的衣袖空空，藏不住一点北方的风。清晨，她唤来小囡画眉。

梳妆镜前的她，多像娇美的桃花……为了最美丽地开放，想了一千种姿势。

---

①阑风伏雨：连绵不断的风雨。寒食：寒食节，在农历清明前一或二日，其时禁火三天，食冷食。②刚：恰好。③琐窗：雕刻有连锁花纹的窗。④央及：请求。⑤奁：古代女子梳妆用的镜匣。⑥直：只。自嫌：自己对自己不满。

点评

此类描写女子生活之作，纳兰词中屡见，风格颇近于温庭筠和韦庄。此词描绘了寒食节时候，一女子刚刚病起，乍喜乍悲的情态。

起二句先绘寒食节候之景，风雨不止，一夜之间樱花零落。这是全篇抒情的环境、背景，以下便是描绘她在这景象下的一系列的行动。首先是按节令而薰绣衣，“刚与病相宜，琐窗薰绣衣”。天雨衣潮，置炉熏衣，人在病中亦怯寒，喜欢炉温，故言“刚与”。

琐窗，指雕刻有花纹图案的窗子；绣衣，指华丽精致的衣物，“琐窗薰绣衣”的情景，想来是颇为高贵幽雅的，但似乎又透露出一种孤独无聊的气息。

熏完衣，然后就是打扮自己了，“画眉烦女伴，央及流莺唤”。此女刚刚病愈又逢寒食节将至，遂烦请女伴帮忙梳妆打扮，而此时小黄莺也偏偏在窗外啼啭，想来它的心情还是颇为欢愉的。然而“半饷试开奁，娇多直自嫌”。“半饷”谓许久、好久，“自嫌”是自己对自己不满。那她为何半晌才打开妆奁？无论怎么妆扮，皆自嫌不称心意，又是为何？小词并未明说，只是摹其细节去刻画她的心理，淡淡地透露了几许自伤的情怀，寄深于浅，寄厚于轻。

菩萨蛮

为春憔悴留春住，那禁半霎催归雨[①]。深巷卖樱桃，雨余[②]红更娇。

黄昏清泪阁[③]，忍便[④]花飘泊。消得[⑤]一声莺，东风三月情。

赏析

你留不住将逝的春天，所以你比落花憔悴。

黄昏，雨来催归。在悠长，悠长，又寂寥的雨巷里，你邂逅了一个丁香一样的，结着愁怨的姑娘。她有着桃子脸樱桃嘴，怀揣着一抹柳色，走过江南小街，环佩叮当。但当你转身凝望时，在雨的哀曲里，消散了她的颜色，消散了她的芬芳，消散了她丁香般的惆怅。

泪水的兰舟，泊在了你远望的眼神里。那封无法寄出的红笺，翩然从指尖滑落……

---

①催归雨：催春归去的雨。②雨余：雨后。③阁：含着。④忍：岂忍。便：就使，便教。⑤消得：经受得。

点评

这是一首伤春伤怀之作。

词首句起势不凡，为全篇定下了留春不住而辗转憔悴的情感基调。春天就要过去了，我为春天的逝去而变得憔悴，能把春天留住的话该有多好啊！以下一句“那禁半霎催归雨”，以稍带夸张的手法，发出了留春无计的感问：可是春天哪里禁得住来催它回去的半霎雨滴呢？

起首二句营造了一种与欧阳修《蝶恋花》“雨横风狂三月暮，门掩黄昏，无计留春住”相类似的氛围和心境：同样的雨横风狂，催送着残春，主人公同样想挽留住春天，但风雨同样无情，留春不住。临此境，欧词中的女主人公感到无奈：“泪眼问花花不语，乱红飞过秋千去”，只好把感情寄托到命运同她一样的花上；而纳兰词中的主人公生出无限怜惜：“深巷卖樱桃，雨余红更娇”，于雨后愈显娇嫩的樱桃中暂得慰藉。关于“深巷卖樱桃，雨余红更娇”这二句，顾随《驼庵诗话》认为，其虽然清新鲜丽，但无甚回味，不耐咀嚼。但是小词未必语语耐嚼，才能为至境。绘画大师齐白石曾有一“不盈尺之作”，画的是红樱一盏，娇艳欲滴，敢问有何深意？只不过是认为其物趣天然，最是悦人罢了。纳兰此句亦是如此，虽无甚微言大义，但是于意境还是颇为相合的。

下阕，词人由怜惜转为伤怀。“黄昏清泪阁，忍便花飘泊”。这其实是个倒装句。词人实在不忍看到春天的花瓣都飘零凋落了，夕阳黄昏之中，他只得泪眼盈盈。而就在这时候，他听见一声黄莺的啼叫顺着东风飘忽而至，唤起了他对三月阳春的深情。末句，“消得一声莺，东风三月情”。“消得”本来是经受得住，这里谓无法经受，因为这一声莺啼，唤出了“东风三月情”。此处“三月情”应指惜春之情。但宋朱淑真有《问春》诗，诗中有“东风负我春三月，我负东风三月春”这样的句子，所以“三月情”或指恋情，亦无不可。

如此观之，此词似含有一段隐情，表面上是欲留春住，其实是想留人，想留而不能留，或才是词人的心痛处。

减字木兰花

烛花摇影，冷透疏衾[①]刚欲醒。待不思量，不许孤眠不断肠。

茫茫碧落[②]，天上人间情一诺[③]。银汉[④]难通，稳耐风波[⑤]愿始从。

赏析

“如果有一天，我喜欢的女孩不见了，我就是把整个江湖翻过来，上穷碧落下黄泉，也要把她找出来。嗯……那你说，她是会在碧落呢，还是黄泉？自然是碧落，仙女是不会去黄泉的。”多么美好的一段话，可是结局却是灰色的，不像我们年幼时听的美满童话。

上穷碧落下黄泉。寻到了爱人的踪影了吗？——两处茫茫皆不见。其实，见了又怎样，曾经相信在碧落的人，却活在了黄泉。爱如果有那么多回头路好走，世人又怎么会懂得珍惜两个字怎么写？

茫茫碧落，天上人间情一诺。

---

①疏衾：谓掩被孤眠而感到空疏冷寂。②碧落：青天、天空。③一诺：《史记·季布栾布列传》：“楚人谚曰：‘得黄金百斤，不如季布一诺’。”此指誓约。④银汉：银河。⑤稳耐：忍受。风波：喻患难。

点评

纳兰悼亡之作很多，本篇虽未标出，但显然又是一首怀念亡妻的作品。

上阕写冷夜孤眠，思量断肠的痛苦。首二句谓词人在凉薄的夜里独自醒来，眼前烛花摇影，寥落而感伤。“疏衾”言空疏冷寂之貌，再加上“冷透”二字，分明是神凄骨寒了，所以此之“冷”不仅是身冷，更是心冷。

三、四句言心理感受。“待不思量”出自苏轼《江城子》“十年生死两茫茫，不思量，自难忘”。

苏轼这首词，是悼念爱妻王弗的，其将“不思量”与“自难忘”并举，利用这两组看似矛盾的心态之间的张力，真实而深刻地揭示自己内心的情感。容若此处亦是如此，“待不思量”并不是说不想念爱妻，而是说年年月月，朝朝暮暮，虽然不是经常想念，但也时刻未曾忘却。“不许孤眠不断肠”，亦出之于反语，词人因为深受相思之苦，所以告诫自己不要太过伤心，不要多想。

下阕点明与亡妻已成天上人间，生死异路，又痴情渴盼能够相逢重聚。“茫茫碧落”，用白居易《长恨歌》“上穷碧落下黄泉，两处茫茫皆不见”句意，谓亡妻之魂灵远在茫茫天宇，遥不可及。但是即便如此遥隔，两人的誓约，仍如季布之诺，金石难摧。

结尾二句，“银汉难通，稳耐风波愿始从”。明明爱妻已亡，词人却说她在碧落；明明爱妻已亡，词人却还想飞越迢迢难渡的银河，忍受风波患难与她重逢，与她团聚，与她从头开始。如此挚语，缠绵凄绝；如此深情，痴迷彻骨。

减字木兰花

断魂无据[①]，万水千山何处去？没个音书，尽日东风上绿除[②]。

故园春好，寄语落花须自扫。莫更伤春，同是恹恹[③]多病人。

赏析

又是离歌，一阕长亭暮。万水千山面前，他是个漂泊的左括号，闺中的伊人，可是苦苦等待的右括号？

牵手，两人的爱才能完整。然而，王孙去，萋萋无数，南北东西路。

青鸟不传云外信，已有数月。被思念灼伤的你，挪移天下的高山，用来望归。

你相信，必有菊，开在家园的南山。必有落花，飘若伊人的裙裾。只是，再也不能伤春。

病中，空空的杯盏，装满天涯，装满故乡，装满八月十五奔走相告的月光。

---

①断魂：忧伤的梦魂。无据：无所依凭。②绿除：长满绿草的台阶。③恹恹：形容精神萎靡的样子。王实甫《西厢记》：“恹恹瘦损，早是伤神，那值残春。”

点评

这是一首缱绻清远的相思之作，写法颇为清奇巧妙，像是夫妇书信往来问答。

上阕以闺中妻子的口吻说相思。“断魂无据，万水千山何处去？”起句化用韦庄《木兰花》“万水千山不曾行，魂梦欲教何处觅”，拓开境界，写梦魂飞渡万水千山，于私情中写出高远苍茫。

那么，妻子为何要梦魂远渡呢？因为整日春风吹来，台阶上的草都绿了，而所思之人却没有音书寄来。“没个音书”，用的是明白如话的口语，像极了妻子埋怨娇嗔的口吻。

而“尽日东风上绿除”，明是写景暗写心情，反衬出妻子如萋萋芳草般的愁情：东风吹绿满阶绿草，一片春光照眼，这本是赏心悦目之景，却因为东风无法为她传递书信而显得凄然。

下阕以远行在外的丈夫的口吻嘱对，说他与妻子一样地相思着。“故园春好，寄语落花须自扫”，故园春色美好，你就把一腔心思寄给落花吧。“落花”一语双关，寓指的是飘零在外的丈夫，其本身则是指即将消逝的美好春色，所以才有后句的“莫更伤春”。而“莫更伤春”中的“春”，既是实指，也是虚指，指眼前春光，亦是指两人的感情牵挂。这三句可谓词约义丰，含蓄蕴藉。末一句“同是恹恹多病人”，情意深长，道出两人心有灵犀为情所苦的情状。

减字木兰花

从教铁石[1]，每见花开成惜惜[2]。泪点难消，滴损苍烟玉一条[3]。

怜伊太冷，添个纸窗疏竹影。记取相思，环佩[4]归来月上时。

赏析

伊人飘进了一瓣梅花里。在梅树里生长，她可爱的微笑，就是梅花的清香幽幽。而多情的你，已被诀别，温柔地诅咒成铁石心肠，不会笑，不会哭。

可是当梅花盛开，暗香浮动月黄昏时，你却脉脉含情地站在梅树下，时时凝睇，时时怜惜。寒冷的夜里，晶莹的露珠是梅的眼泪。你轻轻地呵了一口春天的空气，飘成暖暖的围巾，给寂寞的她披上。现在，请在心间，刻下那两个字。月亮出来时，你想念给她听。

---

①从教：任凭、听任。铁石：铁肠石心。②惜惜：可惜、怜惜。③玉一条：指梅树。④环佩：代指所思恋之人。姜夔《疏影》："想佩环月下归来，化作此花幽独。"

点评

有评家说，由“添个”句可知此词乃题画词，所题是梅花，此言大抵不差。不过容若此阕咏梅词，却不同于其他词人的题咏之作。

古代咏梅的诗词很多，精绝者如姜夔的《暗香》《疏影》，陆游的《卜算子》。《暗香》一词，以梅花为线索，通过回忆对比，抒写今昔之变和盛衰之感；《疏影》则连续铺排五个典故，用五位女性人物来比喻映衬梅花，从而把梅花人格化、性格化，集中描绘了梅花清幽孤傲的形象，寄托作者对青春、对美好事物的怜爱之情。陆游的《卜算子》则借梅比喻为人的原则和品德，也堪称高妙。

但不管是姜夔，还是陆游，他们的咏梅手法再高妙，刻画得再精美，终究也是将梅花当作一件承载他们思想趣志的道具。容若此词则不然。综观全词，他仿佛是在感慨怜惜自己稚弱清高的爱人，那梅与他，仿佛是对月临影的故知，彼此是平然对坐的尊重，不存在谁被赏，谁被赞的问题，人与梅已经完全地合而为一了。因此，这首咏梅词，写得清奇别致，富有浪漫特色。

上阕始二句从心理感受上落笔，虽不正面描绘梅花，但梅花之神韵已出。“从教铁石，每见花开成惜惜”，纵使是铁石心肠之人，每一次见到这晶莹如玉、花开姣姣的梅花也总会流露出依依怜惜之情的。短短两句，三处强调——“从教”强调语气，“每见”强调频率，“惜惜”强调感情，于是梅花之含情脉脉之神韵顿现。继二句则把笔宕开，写梅边之竹。“泪点难消，滴损苍烟玉一条”，谓那朦胧的月色下，斑竹沥沥，就好像是玉条上滴洒了点点泪水。

下阕由梅及人，由人及梅，人融梅中，梅又露着人的深情，遂有“怜伊太冷，添个纸窗疏竹影”，谓怕梅花太冷，所以特加了竹林围护。这既是从护梅之竹，从侧面烘托梅之娇贵，又是把梅当人而加以体贴慰藉，尽赋予一腔柔情，此之构想，可谓奇绝。最后二句，“记取相思，环佩归来月上时”，宕笔写去，说梅花也有魂，它特于今夜月上时归来。归来作何？有前几句柔情之语铺垫，梅花归来怕是与词人共赴幽约吧。此阕咏梅词虽无一笔正面去刻画梅之形貌，但却又笔笔不离梅花，此正所谓“不即不离”，因而梅之形神反而历历可见。

采桑子

严霜[①]拥絮频惊起，扑面霜空。斜汉[②]朦胧。冷逼毡帷火不红。

香篝[③]翠被浑闲事，回首西风。何处疏钟[④]，一穗[⑤]灯花似梦中。

赏析

塞上的夜，沉沉如水。月落的时候，秋霜满天，罗衾不耐五更寒。

曾几何时，小园香径，人面如桃花。你牵着她的手，闭着眼睛走，也不会迷路。那时的翠被，是多么的温暖。那时回廊下，携手处，花月是多么的圆满。

如今，边塞，在每个星光陨落的晚上，你只能一遍一遍数自己的寂寞。守护一朵小小的灯花。在梦中，已是十年飘零十年心。

---

①严霜：严寒的霜气。②斜汉：秋天的天河（银河）斜向西南，故称斜汉。③香篝：熏笼。古代室内焚香所用之器。④疏钟：稀疏的钟声。⑤穗：谷物等结的穗，这里指灯花。

点评

此篇苦寒、孤寂。作于何年何地，难以确考，而从词中描写的情景看，可能是作于扈驾巡幸途中，有论者以为是在其妻卢氏病殁之后。

词中是写边塞寒夜的感受。上阕全用景语，写塞上寒夜，而景中已透露出凄苦伤感。首句“严霜拥絮频惊起”，“絮”字似乎可作两解，一指柳絮般的雪花，二是指絮被。作雪花解，整句话谓严寒的霜气卷起雪花如飞絮飘扬；作絮被解，则是说在寒冷的霜夜，半卧着以絮被围裹身体。但观“频惊起”三字，“絮”应该为絮被，因为夜里奇寒，拥被不能取暖，几次三番地被寒冷惊起。屋里的境况如此，那外边如何呢？“扑面霜空。斜汉朦胧。”天空寒雾迷漫，银河斜横长空，但朦胧不清，冷气相逼，使得行军的毡帐里燃起的炉火也红不起来。

下阕，联想、回忆、幻境相结合，写似梦非梦的心理感受。“香篝翠被浑闲事。”回想当初家中，熏笼焚香，其暖融融，怀拥翠被，温暖舒适。当然，这种暖意不仅是身体上的，更是心理上的。因为“香篝”也好，“翠被”也罢，都是隐隐地指向词人的妻子的。这一切在那时都是“浑闲事”，再平常不过了，但在现在，却是殊难想象，遥不可及的。“回首西风。”回头看帐外，只有西风在吹，方知在“冷逼毡帷火不红”的环境中，“香篝翠被”的生活确实似在“梦中”，离自己已经很遥远了。最后两句，“何处疏钟，一穗灯花似梦中”。这时词人听到稀疏的钟声，而帐中只有“一穗灯花”，在灯光朦胧中似在梦中，不知身在何处，孤凄情怀，不免难以忍耐。词中景情俱到，含思要妙，良多蕴致。

采桑子

土花曾染湘娥黛[①]，铅泪[②]难消。清韵谁敲，不是犀椎是凤翘[③]。

只应长伴端溪紫[④]，割取秋潮[⑤]。鹦鹉偷教，方响前头见玉箫[⑥]。

赏析

再也没有桂花，开在南山。飞来飞去袭人裾。伊人已随风而逝。只有泪水，涔然滴落在湘妃竹上。但你不愿相信。

清晨，踟蹰。黄昏，徘徊。她的倩影，她的芳魂，明明是盈盈在目。或许，远嫁他乡的只是蝴蝶，思念远方的只是东流的水。伊人只应，终生眠在紫色的砚台中，用微笑，为你收割秋天的书卷香气。再回首，誓言仍在红楼中。惘然此情，已成追忆。

---

①土花：器物因受泥土侵蚀而留下的锈迹斑点。湘娥：舜的妃子女英、娥皇。黛：女子画眉之物，这里代指女子的眉毛。②铅泪：泪水。这里也指湘妃竹上的斑渍。③犀椎：用犀牛角制成的小槌，为打击乐器。凤翘：形状像凤凰的首饰。④端溪紫：用广东德庆县端溪所产石制成的紫色砚台，即端砚。⑤秋潮：秋波，指女子的眼睛。⑥鹦鹉句：偷教，即偷学。方响，打击乐器，由十六枚厚薄不一的铁片制成，分两排悬在架上，用小槌击打。

点评

这首词是写一段深隐的恋情的。“土花曾染湘娥黛”，这首句就殊难理解。土花，是指器物因受泥土侵蚀而留下的锈迹斑点。湘娥，是指舜的妃子女英、娥皇，此处作为女子的代称。

接下一句“铅泪难消”，是说虽然所爱女子已经故去，可是湘妃竹上的斑渍始终难以消除，她似乎还在流泪。正因此，才有下一句“清韵谁敲，不是犀椎是凤翘”的错觉。

“只应长伴端溪紫，割取秋潮”，“只应”二字道出了这种爱人永逝的怅恨：你为什么要舍我而去呢？你应常在书桌前陪我，看我将这秋色秋意写成卷卷诗篇的啊！结尾二句“鹦鹉偷教，方响前头见玉箫”，用了两个典故，表达了回忆过去令人产生睹物思人的悲痛之情。

《青林诗话》载，蔡确被贬新州，有个叫琵琶的侍儿跟随着他。有一鹦鹉，聪明非常，蔡确每次一扣响板，鹦鹉就呼琵琶。后来，侍儿琵琶死了，蔡确有一次误触响板，鹦鹉仍然呼琵琶不止，蔡确遂怏怏不乐。玉箫，人名，也有一段故事。唐朝韦皋少游江夏，寄住于姜氏家。姜氏令小青衣玉箫侍奉他，渐生感情。后来韦归，七年不至，玉箫遂绝食死。后来转世，仍为韦侍妾。将这两个故事连起来，“鹦鹉偷教，方响前头见玉箫”是说鹦鹉之言犹在，但是再也唤不回来那个女子了，她已经永远地逝去了。这个结尾很含蓄，很婉曲，但真情灼人，动人心魄。

采桑子

而今才道[①]当时错，心绪凄迷。红泪[②]偷垂，满眼春风百事非[③]。

情知此后来无计[④]，强说欢期[⑤]。一别如斯，落尽梨花月又西。

赏析

也许，我哒哒的马蹄是美丽的错误。也许，我不该在你的门前踟蹰流连，不该去敲爱情那扇肝肠寸断的门。

再度春风，已是物是人非事事休，欲语泪先流。那段苦涩的故事，不过是些山，将没入云海。不过是弹指的瞬间，却留下永恒的疼痛。

我们终于知道，相聚后，那再一次高高举起的，却不再是花，而是天涯。一别如斯。年年如别。

点评

“而今才道当时错，心绪凄迷”，用的是歧义之语。“当时

---

①才道：才知道。宋晏几道《醉落魄》词：“心心口口长恨昨，分飞容易当时错。”②红泪：血泪，美人泪。③满眼句：宋赵彦端《减字木兰花》词：“满眼春风，不觉黄梅细雨中。”④无计：无法。⑤欢期：佳期，多指男女情事。

错”，现在才明白、才后悔，可是当时“错”的究竟是什么呢？是当初不该与你相识？是当初与你相识后而没有相知？还是当时就该牢牢抱住你、不放你离去？“红泪偷垂，满眼春风百事非。”红泪，形容女子的眼泪。当初，魏文帝曹丕迎娶美女薛灵芸，薛姑娘不忍远离父母，伤心欲绝，等到登车启程以后，薛灵芸仍然止不住哭泣，眼泪流在玉唾壶里，染得那晶莹剔透的玉唾壶渐渐变成了红色。待车队到了京城，壶中已经泪凝如血。

“满眼春风百事非”，这似乎是个错位的修辞。要说“百事非”，顺理成章的搭配应是“满眼秋风”而非“满眼春风”，但春风满眼、春愁婉转，由生之美丽感受死之凄凉，在繁花似锦的喜景里独会百事皆非的悲怀，尤为痛楚。此刻的春风和多年前的春风没什么两样，但此刻的心绪却早已经步入了秋天。

“情知此后来无计，强说欢期”，回想当时的分别，明明知道再也不会有见面的机会了，但还是强自编织着谎言，约定将来的会面。这里的“欢期”是相见、相聚的意思，而“强说”一词让这份期待中的欢期变得难以预见。明知道不能相见，却偏偏想要相见的矛盾心情，令整首词充满凄迷悲伤之感。

“一别如斯，落尽梨花月又西。”那一别真成永诀，此时此刻，欲哭无泪，欲诉无言，唯有“落尽梨花月又西”——情语写到尽处，以景语来作结；以景语的“客观风月”来昭示情语的“主观风月”。这既是词人的修辞，也是情人的无奈。

采桑子

明月多情应笑我，笑我如今。辜负春心[①]，独自闲行独自吟。

近来怕说当时事，结遍兰襟[②]。月浅灯深[③]，梦里云归何处寻。

赏析

是谁说过，思念是一种痛，一种无可名状又难以痊愈的痛。

我想，回忆也是。你曾说过，我像风，放浪不羁，快意人生，时常吹得你的心，无所适从。你也说过，你像水，微风乍起时，荡起的涟漪中止了你宁静的生活；而当风平浪静后，你也只能端坐如云，重新静守那一湖的寂寞……

我笑了，对你说我要做伴你一生的夏夜晚风；你也笑了，水晶般的眸子里潜藏着淡淡的忧伤。现在我有点懂了，时光变幻，四季交替，哪里又有永远的夏夜和不息的晚风呢？因此我们的故事，注定是一场失速的流离，一场彷徨的关注，一场风花的悲哀，一场美丽的悲剧……谢却荼蘼，起身轻叹，一曲《长相思》

---

①春心：指春日景色引发出的意兴和情怀。②兰襟：香洁的衣襟，指美女之衣衫。一说喻指良友。结遍兰襟，谓情分深切。③晏几道《清平乐》词："犹记那回庭院，依前月浅灯深。"

勾起来伤心，时光苍茫的洪涛中，一曲一调地演绎着那古老的歌谣——“生死挈阔，与子相悦；执子之手，与子偕老”……

点评

容若这阕词，清新隽秀，自然超逸，明白如话，非常自然。但是所写为何，尚有争议。有人说是怀友之作，由“结遍兰襟”佐证。——当然，说容若“结遍兰襟”，也并非夸饰之语，他的确广交游，善交游，有很多志同道合的朋友。

而容若本人也是极重友情，他的座师徐乾学之弟徐元文就曾在《挽诗》中赞美道：“子之亲师，服善不倦。子之求友，照古有烂。寒暑则移，金石无变。非俗是循，繄义是恋。”

但是“兰襟”一词，还有别义，晏几道《采桑子》“别来长记西楼事，结遍兰襟”中的兰襟，指的就是美女之衣衫。元好问《泛舟大明湖》“兰襟郁郁散芳泽，罗袜盈盈见微步”中的兰襟，也是此义。

除此之外，容若此词里还有“春心”“当时事”“梦里云归”等婉曲之词。但最让人感觉其不似怀友之作的地方还在于，容若此篇多次化用晏几道词句。凡此种种，都说明此篇合该是写情之作，是追怀过去的一段情事。

首句，“明月多情应笑我”，实为倒装，应理解成：“明月应笑我多情”，显然是化用了苏轼的“故国神游，多情应笑我、早生华发”。东坡啸出此句，那是因为他由凭吊周郎而联想到自己徒抱壮志，想为国分忧而不可得，而生命短促，人生无常，自己白发已然。故东坡的笑，苦笑也。那容若的笑，又是什么笑呢？“笑我如今。辜负春心，独自闲行独自吟”。这句极其自然朴素，化用前人词句，了无痕迹，如同己出。晏几道曾作过一首《采桑子》词，和容若此篇无论在用韵还是在词句上都大大相像：前欢几处笙歌地，长负登临。月幌风襟，犹忆西楼着意深。莺花见尽当时事，应笑如今。一寸愁心，日日寒蝉夜夜砧。

容若词“笑我如今”与晏词“应笑如今”相对，“辜负春心”与“一寸愁心”相对，“独自闲行独自吟”与“日日寒蝉夜夜砧”相对。可以说，容若上阕词简直就是晏几道下阕词的翻版。晏词下阕的意思是，那啼叫的黄莺和盛开的花朵曾见尽了当时月光柳影下两情依依、情话绵绵的情景，如今，它们恐怕会笑话我的寸寸愁心、丝丝寂寞。

知道了晏词言何，容若此言何义，也就十分明朗了。容若曾经和她（谢娘或沈宛）有过一段“双鸳池沼水溶溶”的美好恋情，那时他与佳人同调宝瑟，同拨金猊，同唱鹧鸪词。可是如今，只有“独自闲行独自吟”的失落和惆怅了，而那些燕舞莺歌的明媚的春光，也只有辜负殆尽了。

所以下阕，词人会说，“近来怕说当时事，结遍兰襟”。所谓“当时事”即是往昔的情事，也就是“结遍兰襟”，情分极深。那他为何怕说当时情事呢？末句，“月浅灯深，梦里云归何处寻”，因为夜静更阑，残月渐落，孤灯将灭，面对此情此景，他知道已然是事随云去，已身难到，“梦逐烟消水自流”了。爱人已经失去，空提往事，只会令人心生无限怅惘，遂只好“怕说”，不说了。

采桑子 咏春雨

嫩烟分染鹅儿柳[①]，一样风丝[②]。似整如欹，才着春寒瘦不支。

凉侵晓梦轻蝉腻[③]，约略红肥[④]。不惜葳蕤[⑤]，碾取名香作地衣[⑥]。

赏析

春天的雨，有着美丽的唇。说出的第一句，是薄薄的雾，轻轻地凝在杨柳眉间，天也朦胧，地也朦胧。春风吹来的时候，她便瘦弱晴丝，托不起一只荡秋千的蝴蝶。

春天的雨，又像是闺中的女子，眼角都是三月天气，因此喜欢睡懒觉，不喜欢小花伞。她的小脚，常放在云的怀里，偶尔打江南雨巷走过。

然而无情的还是她，推着春雨的小车，轻碾落花无数。

点评

容若有着一种不可言喻的自然情节，他的词“纯任性灵”，

---

①鹅儿柳：浅黄似雏鹅毛色的嫩柳。②风丝：风中细柳枝。③蝉腻：轻盈透明的蝉鬓。腻，滑泽。④红肥：指花朵因雨水滋润而更加鲜艳。⑤葳蕤：鲜丽的样子。⑥名香：落花。地衣：指地毯。

给人一种“纤尘不染”的感觉。敏感任情的天性与人生的真切体验化成的词，感觉特别的自然流丽、清新秀隽。比如这首咏春雨的《采桑子》。

春雨如何表现？是不是句句皆需有“春”有“雨”？后蜀欧阳炯曾写过一首描写春景的《清平乐》：“春来阶砌，春雨如丝细。春地满飘红杏蒂，春燕舞随风势。春幡细缕春缯。春闺一点春灯，自是春心缭乱，非干春梦无凭。”句句不离“春”字，不但颇不达意，反而显得矫揉造作，给人以堆砌之感。容若此阕咏春雨之词，妙在词中无一句春雨，却又句句不离春雨。

首句即从初春之弱柳写起，别是一番心思。“嫩烟分染鹅儿柳，一样风丝。”春雨微细若烟雾，落在泛起鹅黄色的柳枝上，仿佛是空中飘洒着游丝一样。说“嫩烟”，说“鹅儿柳”，说“催”，都使人感到这是春天特有的那种毛毛细雨，也即“沾衣欲湿”的“杏花春雨”。

这种细雨，似暖似冷，如烟如梦，情思杳渺难求，正如秦观《浣溪沙》：“自在飞花轻似梦，无边丝雨细如愁。”“似整如欹，才着春寒瘦不支”，这句是说微风吹来，细雨若直若斜，就好似弱柳刚被春寒，娇瘦不支。容若词，“瘦”字用得实在妙极，这“瘦”一出来，清婉也就有了。

“凉侵晓梦轻蝉腻，约略红肥。”古人言弱柳，总是不自觉地将它与娇弱的美人联系起来，比如张先《满江红》“过雨小桃红未透，舞烟新柳青犹弱。记画桥深处水边亭，曾偷约”中就用新柳隐喻他娇美的恋人。

容若此句也是如此，将弱柳拟人，托以闺中女子。也许有人会问，容若此词里并未直言闺中女子啊。的确，直言确实没有，容若用的是“轻蝉”借代。明叶小莺《艳体连珠发》：“如云美焉，是以琼树之轻蝉，终擅魏主之宠。”容若此处，即以轻蝉这一古代妇女发式代指闺中人，谓春雨凉意袭人，晓梦初醒，令人烦恼，但略显安慰的是，她又看到红花已绽，略显鲜丽。然而“天公不作美”，这“约略红肥”喜人的春景，转眼之间就变成了“绿肥红瘦”。

末句，“不惜葳蕤，碾取名香作地衣”。春雨真是无情，一点怜花之心也没有，就这样催落名香，化作红红的地衣一片。春雨欺花，所谓风流罪过，明是怨春，实是惜春情怀，由此描摹刻画便将春雨之形神表现得淋漓尽致。

好事近

马首望青山，零落繁华如此。再向断烟衰草，认藓碑题字①。

休寻折戟话当年②，只洒悲秋泪。斜日十三陵③下，过新丰猎骑④。

赏析

总有隐隐青山，总有嶙峋瘦马，也总有匆匆的赶路人。他们今生一遇，就凋零了天涯芳草，几个朝代的繁华。

寒蝉凄切。秋风中冰冷的碑文，像一把多年失修的锤子，凿在历史那泛黄的墙壁上，声声寂寞，声声悲。

孤星映月，你听见猎猎的风衣，卷走尘土，一袭袭罩在，古老的十三陵上，像一阵急促的咳嗽声，碎裂在新王朝的上空。

点评

这是一首描写秋猎的词，词中所描绘的是在北京十三陵地区

---

①认藓碑句：意即可辨认出长满苔藓的古碑上的题字。藓，苔藓。②折戟：折断的戟。杜牧《赤壁》诗："折戟沉沙铁未销，自将磨洗认前朝。"③十三陵：明代的十三座皇陵，在今北京市昌平区北天寿山一带。④新丰：地名，在今陕西西安市临潼区东北，汉初刘邦建国后，迁家乡父老居于此。猎骑：打猎者的坐骑，代指猎人。

的行猎。十三陵是明朝国君的墓地，理应有一番繁华雄伟的景象的，然而容若到此，看见的是什么呢？

首句“马首望青山，零落繁华如此”，通过马头向前望去，眼前是一脉青山，都市的繁华早已不见，只有一片萧索冷落的景象。诗人似乎有些不甘心，那昔日的辉煌盛景果真就难以再寻了吗？

“再向断烟衰草，认藓碑题字。”看来，确实如此，如今只有“断烟衰草”中的长满苔藓的石碑，尚且存留着一些“繁华”的记忆。

“认藓碑题字”一句，大约是出自唐可止《哭贾岛》诗：“暮雨滴碑字，年年添藓痕。”

面对眼前这份萧索冷清的景象，看着被枯草掩埋的石碑，纳兰心中感慨万千。“衰草”就是干枯的草，而所谓的“藓碑”则是指长满了苔藓的石碑。此句是说，被苔藓覆盖了的石碑上，还可以模糊地辨认出之前所刻下的碑文，时光就是这样无情，人们还以为将真实留在石碑上就可以万古长存，其实在时光面前，任何东西都是脆弱、不堪一击的。

想到此，纳兰便心生悲凉。自己的生命也不过是白驹过隙，匆匆几十年犹如流星划过，很快就没了。自己没有去做自己想做的事情，而是整日陪在皇帝身边，做些并不情愿的工作，这样的日子什么时候才能够到头啊？所以，在下阕的时候，纳兰便将遐想止住，他知道无益的多想毫无意义，所以他才会无奈地写道：“休寻折戟话当年，只洒悲秋泪。”所谓“折戟”就是断戟被沉没在沙里，指惨败。

“休寻折戟话当年”，此句出自杜牧《赤壁》诗：“折戟沉沙铁未销，自将磨洗认前朝。”杜牧于会昌二年（842）出任黄州刺史期间，曾游览黄州赤壁矶，在江边淤沙之中发现一支折断了的铁戟。

这支铁戟，经过了六百多年还没有被时光销蚀掉，经过一番磨洗之后，杜牧鉴定它曾是赤壁之战的遗物，于是抚今追昔，发出了“东风不与周郎便，铜雀春深锁二乔”的兴亡之感。容若此处是“休寻折戟话当年”，显然反用杜诗，意谓不要寻思那古往今来兴亡之事，单是眼前的秋色便已令人生悲添慨了。

结尾二句，“斜日十三陵下，过新丰猎骑”，斜日照耀下的明十三陵已非当年的十三陵，大清王朝的宫廷侍卫们组成的打猎队伍正昂然从这里走过。这两句所绘情景形成了一种强烈的对比，颇含兴亡之感和轮回之叹，令人深思。在《赤壁》诗里，杜牧把赤壁大战成败的关键归结为偶然的“东风”，固然有些牵强，那么大明王朝的灭亡又是由什么原因造成的呢？明代也曾有过兴盛的时期，如今却只剩夕照十三陵；现在清王朝的“新丰猎骑”虽赫赫扬扬，将来会不会也零落殆尽呢？词作就此打住，余悠悠不尽之意，启人联想。

好事近

何路向家园，历历[1]残山剩水。都把一春冷淡，到麦秋天气[2]。

料应重发隔年花[3]，莫问花前事。纵使东风依旧，怕红颜不似。

赏析

歌云：不要问我从哪里来，我的故乡在远方……

生命如风筝，漂泊得再远、再久，那线的一端，系住的始终是故乡。如今，关山的路，阡陌万千。却没有一条可以回乡。

春风，从你的胸膛打马经过，折掉了你一季的快乐之枝。你只有举起千斤的目光，把重重的山峦，眺望成一马平川，让思归的心，恣意驰骋……

家中那株盛开的海棠花，凋谢后尚可重发。可是既逝的红颜，她能再度与自己演绎烂漫的花前事吗？衾风冷，枕鸳孤，最销魂。

点评

在容若心中，爱情的位置非同一般，他往往把与妻子的别离、

---

① 历历：分明可数。②麦秋天气：谓农历四五月麦熟时节。③隔年花：去年之花。

相思看得比什么都重要，故他在长年的扈从、入值的生涯中，总是为离愁别恨所困扰。本篇所写，则又是一回的分别，并且从“料应重发隔年花”“怕红颜不似”之语来看，还是写在妻子死后的，因是一篇伤悼之作。

“何路向家园，历历残山剩水。”由于是随扈在外，关山迢递，无路通向家园，所以心头眼底的山山水水都成“残山剩水”了。

“残山剩水”本义是指国土分裂，山河不全，如范成大《万景楼》诗：“残山剩水不知数，一一当楼供胜绝。”那容若此句，是说大清朝山河破碎了吗？显然不是，容若作此语，其实是移情作用使之。

按照现代的“移情说”，在创作过程中，物我双方是可以互相影响、互相渗透的。比如，把“我”的情感移注到“物”中，就会出现像杜甫《春望》“感时花溅泪，恨别鸟惊心”之类的诗句；而“物”的形象、精神也同样会影响到诗人的心态、心绪，如人见松而生高风亮节之感，见梅而生超尘脱俗之思，见菊而生傲霜斗寒之情。

容若公干在外，远离家园，因思家而心生忧伤，这种主观感情投射到路途中的山水之上，遂有“残山剩水”。这与秦观由于心烦意乱，移情于物，将群山说成“乱山”（《南歌子》“乱山何处觅行云？”）的写法是一样的。

“都把一春冷淡，到麦秋天气。”这二句是说，已经一春未归，转眼之间，已是春尽夏初之时。结合前句，麦秋天气的山水当然是青山秀水，旖旎风光，但是词人却说“残山剩水”，可见离愁真能淡褪了一切色彩，别情果然令人触目神伤！

“料应重发隔年花，莫问花前事”，下阕承接上阕离愁情绪，道出无限心伤的深层原因。此处，“隔年花”之典来自后主李煜事。

根据《南唐书·昭惠周后传》记载，后主曾与周后移植梅花于瑶光殿之西，等到花开之时，周后已经死了，后主睹花忆怀，因之成诗：“失却烟花主，东风不自知。清香更何用，犹发去年枝。”意谓当初一起栽花，相约花开共赏，如今，梅花已开，然而蛾眉已残，空留这一树梅香，又有何用？容若用此典，当是自指：今年芳菲消歇的花枝上，来年还会芬芳重发，可是自己的妻子将何在焉？于是他就告诫自己，不要回忆花前月下的往事，因为即使东风还是昔日的东风，可是红颜已非昔日的红颜，玉人已经永远地逝去了……

人生就是这样错过一场又一场美景，有些人对这些错过不以为然，但对于纳兰来说，每一次错过都是一道伤痕。他用伤痕累累的心，吟咏出这些千年，甚至万年之后都不会被忘记的词。他与他那些隐约的心事，统统被记载了下来。

一络索

过尽遥山如画，短衣[1]匹马。萧萧落木不胜秋，莫回首、斜阳下。

别是柔肠萦挂，待归才罢。却愁拥髻向灯前[2]，说不尽、离人话。

赏析

莫问马蹄声。吟鞭一指，过尽青山，便是天涯。那寂寥的秋景，回首顿成悲。一场寂寞凭谁诉。独在家中守候的那人，思念成锁。你打马归来，是唯一的钥匙。

点评

“过尽遥山如画，短衣匹马。”词人身着短衣，乘着骏马，奔驰在征途上，那历历如画的青山，已被自己远远地甩在了身后。一“尽”字说明了行程之远，一“匹”字，彰显了征途之寂寞。

“萧萧落木不胜秋”，承“遥山如画”而来，显得大气磅礴。“萧萧落木”显然出自杜甫《登高》中的名句“无边落木萧萧下，

---

①短衣：古代北方少数民族尚骑射，故穿窄袖之衣，称为短衣。②拥髻句：汉伶玄《飞燕外传》附《伶玄自叙》：“通德（伶玄妾）占袖，顾示烛影，以手拥髻，凄然泣下，不胜其悲。”

不尽长江滚滚来”。杜甫诗里，落木而说“萧萧”，并以“无边”修饰，如闻秋风萧瑟，如见败叶纷扬，无论是描摹形态，还是形容气势，都极为生动传神。

容若虽去其“无边”，只袭用“萧萧落木”四字，但景物之萧瑟和意境之深远，还是历历如绘的。而“不胜秋”三字，也说明了容若为何要弃老杜“无边”二字之缘由：仅是萧萧落叶，就已经让人不能经受秋天的萧寥了，倘再加之以“无边”，此情此景，则何人可堪？所以就有了下一句的“莫回首、斜阳下”，只顾策马而行吧，千万不要回头，那夕阳西下，落木萧萧的景象会让人断肠的。

“别是柔肠萦挂，待归才罢。”此句字面的意思是：我是特别地牵挂你啊，这种柔肠百转的思念之心只有等你回来以后才能停止。

在下阕的开端，纳兰便用如此直白的语气写出了思念之情，这种感情如此浓烈，所以在分离之后，更显得孤寂和落寞。在这首词的最后，纳兰自己也写道：“却愁拥髻向灯前，说不尽、离人话。” 闲愁越想越多，只有当两人重新见面之后，才能化解，离人话说不尽，说得尽的只有彼此之间对对方的牵挂。

这就出现了一个问题：这个“我”指的是谁？是容若还是别人？若是容若自己，怎还会有“待归才罢”之语呢？显然，这句话说的并不是词人自己，而是与自己遥隔千里的妻子。

这就是此阕小词的别致之处：词的上阕写的是征途之景，其见闻感受皆从自己一方落墨，下阕则是从闺中人一方写来的，是作者假想中的情景。

因此，其高明之处不在于按题中应有之义诉说了柔肠千转的思念之情以及对归家团聚之日的渴望，而在于最后做了一笔反面文章，强调自己怕发付不了他日两人相聚，灯前絮话时她的那种‘说不尽、离人话’的无限深情，因而又添新愁。

一络索 长城

野火拂云微绿[1]，西风夜哭。苍茫雁翅列秋空，忆写向、屏山[2]曲。

山海几经翻覆。女墙[3]斜矗。看来费尽祖龙[4]心，毕竟为、谁家筑？

赏析

四面的沙粒都安静下来，将方圆万里的夜晚，交给大漠的野火。秋风夜哭，你仿佛长了两千岁，立在秦汉时的边关上，手边的雁翅，无限苍茫。时间如高僧入定，落日在凝固，山河在翻覆。你从秦朝返回，一脸怅惘，一脸感慨。古老的长城上，朔风正在猎猎地吹。不知为谁。

点评

纳兰词主要抒写“性灵”，又当有风人之旨，骚雅之意。本篇即可视为一例。其于篇中对秦始皇修筑万里长城不无褒贬，同时也寓含鉴今之深意。

---

①野火：磷火，即俗称的“鬼火”。②屏山：像山一样曲折的屏风。③女墙：城墙上呈凸凹形的矮墙。此指长城。④祖龙：秦始皇。

“野火拂云微绿，西风夜哭。”首二句写塞上所见所听。词人看见的是大漠荒野之夜，磷火绿光闪闪，好像与天上的云朵连到了一起；听见的是阵阵西风呼啸，俨然如战场冤魂的哀哀夜哭。词作一开头就给读者展现了一幅野火连天、秋风悲咽的凄厉悲壮之图。

接下一句，“苍茫雁翅列秋空”，把前两句勾勒的壮阔的景致拉得开阔无际：空旷辽阔的秋日，大雁翅列长空，词人仰望，顿觉一片苍茫。

“忆写向、屏山曲”忽地将大开大合之景凝入小小的屏山，真不愧才子笔法也！所谓“屏山曲”，就是屏风曲折如山，容若这里是说雁阵列空的景象就如同屏风所绘，从而将时空从空旷的大漠挪移到了温馨的家中，伸缩驰骋可谓极其灵动，呈现一种迷离之美。

下阕，词人由写景转为抒情。“山海几经翻覆，女墙斜矗。”想当初，秦始皇费心尽力，终于统一六国，而后又修筑了举世闻名的万里长城，然而几经山河变换，几经兴亡更替，赳赳不可一世的始皇安在？的确，六国破灭，好似一场梦幻；祖龙雄威，已非昔日，曾经的万里长城，也残余为“女墙斜矗”了，那么，曾费尽移山心力的始皇，究竟是为谁修建这绵延万里的巍巍长城呢？“看来费尽祖龙心，毕竟为、谁家筑？”这可以说是即景抒情，但词人的忧患意识和苍凉之悲感亦充溢满纸，深具感发的魅力，启人深长思之。

清平乐

凄凄切切，惨淡黄花节[①]。梦里砧声[②]浑未歇，那更乱蛩[③]悲咽。

尘生燕子空楼，抛残弦索[④]床头。一样晓风残月，而今触绪[⑤]添愁。

赏析

思亲重阳佳节，却是惨淡黄花节。

黄昏的余晖里，你坐在孤独的风里，影子犹如深秋的落叶。想起伊人玉兰花瓣般的面容，你总是意犹未尽。

有时候嘴角略带甜蜜，有时候哀愁泻于双目间。而她已经走了那么远，那么远。

点评

这首词是作者在重阳佳节为感爱妻之逝而作，为悼亡词。

“凄凄切切”，首句即极尽伤情之词。“惨淡黄花节”，这句点明时令是重阳。而重阳佳节，正是登高，遍插茱萸，赏菊饮

---

①黄花节：重阳节。黄花，菊花。②砧声：捣衣声。③那更：更何况，更兼。蛩：蟋蟀。④弦索：弦乐器之弦，代指弦乐器，如琵琶、筝等。⑤触绪：触动了心绪。

酒之佳时，词人何以会觉得“惨淡”？

作者并未马上说出缘由，而是继续描摹惨愁之景。“梦里砧声浑未歇”，古人有秋夜捣衣、远寄边人的习俗，因而寒砧上的捣衣之声便成了离愁别恨的象征。此处词人不仅听到砧声，而且这催人发愁的砧声还更鼓未歇。这幅情景本来已经使人不胜其苦了，偏偏这时候又传来悲咽的蛩声。

“那更乱蛩悲咽”，墙边蟋蟀鸣叫，亦是触发人们秋思的。李贺《秋来》诗云：“桐风惊心壮士苦，衰灯络纬啼寒素。”至此，上阕以实写制造了不胜悲伤凄楚的氛围，词人内心的秋潮已经开始暗自汹涌了。

下阕，“尘生燕子空楼，抛残弦索床头”，本于宋周邦彦《解连环》词：“燕子楼空，尘锁一床弦索”，点出悼亡之情，让内心潮水汩汩流出。燕子楼，在江苏徐州，唐时张建封的爱妓关盼盼曾居于此，张死后，盼盼仍居此楼十余年不嫁。这里借指亡妻的居室。因为妻子已经亡故，所以言“燕子楼空”。

末二句，“一样晓风残月，而今触绪添愁”。“一样晓风残月”，此句显然是化用柳永《雨霖铃》里的词句：“今宵酒醒何处？杨柳岸，晓风残月。”词人在“晓风残月”前添了“一样”二字，就变“古语为吾语”了，送别之意尽去，而悼亡之音弥浓。

最后一句，“而今触绪添愁”，点明玉人已殒，睹物思人，触绪添愁的主旨，而词人本就相思无绪的心怀，此时也就愈益伤情彻骨，无法排遣了。

清平乐

塞鸿[1]去矣，锦字[2]何时寄。记得灯前佯忍泪[3]，却问明朝行未。

别来几度如珪[4]，飘零落叶成堆。一种晓寒残梦，凄凉毕竟因谁。

赏析

醉笑陪君三万场，不诉离伤。这豪迈的承诺，你再一次无法做到。

漂泊太久，你的离伤已经累累。家书不来，你累累的伤痕不愈。都说，时间是水，回忆是水波中的容颜。那夜离别，她憔悴的容颜，如莲花的开落。她挽留的唇，如月光的叮咛。可是你，挥一挥衣袖，还是走了。

如今，月亮圆了又缺。你已走到了异地的落叶里。她忧伤，你就飘零成堆。

点评

又是一首塞外怀妻的小令，凄婉哀怨中透露出一丝寂寥难眠的心境。

“塞鸿去矣，锦字何时寄。”塞鸿，即塞雁，秋季南飞，春

---

①塞鸿：边塞的雁。②锦字：书信。③记得句：唐韦庄《女冠子》词：“别君时，忍泪佯低面，含羞半敛眉。”④如珪：本为美玉，这里喻缺月。

季北返。古诗文中常以之比喻远离家乡，漂泊在外的人。“锦字”用典，《晋书·列女传》载前秦时，窦滔被流放到边疆地区，其妻苏蕙思念不已，遂织锦为回文旋图诗相寄赠。诗图共八百四十字，文辞凄婉，婉转循环皆可以读。“塞鸿去矣”，望着塞上的鸿雁向南飞去，容若不禁长思：妻子啊，你的书信何时才能寄到？

“记得灯前佯忍泪，却问明朝行未”，由盼望家书到来，转为追忆与她分别时的情景。此二句，化用唐韦庄《女冠子》词：“别君时，忍泪佯低面，含羞半敛眉”，融合无间，犹如灭去针线痕迹，有妙手偶得之感，把一幅既温馨又感伤的画面呈现在我们面前：妻子忍着眼泪为丈夫打点行装，依依话别，却总是小心翼翼地问：明天真的就要走了吗？她多么希望能从丈夫嘴里得到不走的消息，哪怕只是推迟一天，再多一天团聚的日子啊。这种一往情深的夫妻感情，从只言片语中便浓重地渲染了出来，让读者感动不已。

“别来几度如珪，飘零落叶成堆”，下阕描绘此时的愁思与寂寞。“如珪”，指月圆而缺，南朝江淹《别赋》：“乃至秋露如珠，秋月如珪……与子之别，思心徘徊。”“几度如硅”，是说分离时间的长久。“落叶成堆”，点出秋色已深，渲染了离情的凄苦：算算又过了好些日子了，月亮圆了又缺，随风飘落的叶子叠了一层又一层。我每天都在寒冷中醒来，连一个完整的梦都不曾有了，这些还不是因为没有了你在我身边陪伴，嘘寒问暖吗？末二句，“一种晓寒残梦，凄凉毕竟因谁”，以残梦凄凉绾结，突出了孤独难耐，相思怨别的深情。

清平乐

孤花片叶，断送清秋节[①]。寂寂绣屏香篆[②]灭，暗里朱颜消歇[③]。

谁怜散髻吹笙[④]，天涯芳草关情[⑤]。懊恼隔帘幽梦，半床花月纵横。

赏析

又是冷落清秋节。月亮，是柔软又冰凉的花朵，重阳夜，它没有开。守望天涯的女子，寂寂的房间，寂寂的心坎，寂寂的人生。只是无人怜惜。

两个人的爱，原来隔有一帘幽梦。所以，平生不会相思的人，才会相思，便害相思。

点评

此词抒写少妇清秋懊恼、思念丈夫之情怀。但其情婉而隐，词中只用清秋孤花片叶、天涯芳草，以及寂寂绣屏、香篆熄灭，半床花月之景，将深隐的愁情具象化，极迷离惝恍，极空灵含婉。

---

①清秋节：即九月九日重阳节。②香篆：篆香，形似篆文的香。③暗里句：李白《寄远》诗："坐思行叹成楚越，春风玉颜畏消歇。"④散髻：解散发髻。五代皇甫松《梦江南》词："双髻坐吹笙。"⑤关情：动情、牵惹情怀。

上阕写愁。“孤花片叶，断送清秋节”，二句点出室外景和时节。“孤花”谓菊花是孤零零的，“片叶”谓叶子似只有一片，此二句显然是移情入景：由于女主人公的内心是寂寞的，所以当其以孤独之眼观物时，万物皆带孤独之情。既如此，这采菊饮酒的重阳节，怎会不被断送呢？

“寂寂绣屏香篆灭，暗里朱颜消歇”，此二句承上句“断送”，自然转入室内景和景中人。在寂寂的闺房，她黯然独处，绣屏也显得孤单冷落，而篆香又熄灭了；终日鸾孤如此，她秀美的容颜已经憔悴得不成样了。

“暗里朱颜消歇”，脱自李白《寄远》诗：“坐思行叹成楚越，春风玉颜畏消歇”，但比白诗愁情更甚：白诗里是“畏消歇”，即还没有消歇，背景是暖煦的春风；而容若词里是“消歇”，已然成果，背景是寂寂的绣屏和已经熄灭的香篆。

下阕写思。“谁怜散髻吹笙”，承接上阕末句而来，“朱颜消歇”应予惋惜，可是无人怜之。

“谁怜”一词，叩心击骨，自身消歇无人怜，却还要去怜别人，这就产生了下句的“天涯芳草关情”。关情者何？当然是那位让她魂牵梦萦、行役在外的玉郎了。于是在自己照影吹笙，饱尝落寞后，又希冀晚上与他梦中相会，谁知好梦却被惊醒。“懊恼隔帘幽梦”一句，写出了“好梦难留人谁”的恼情恨意。既然梦不成，那就只有醒来。“半床花月纵横”，醒来之后，只有半床的月下花影，纵横交错，惹人相思不止。

容若的这首词，轻幽柔婉，缠绵悱恻，致力于追求结构链和情感链的完美统一。

全词在结构链的连接上，上阕先点出时令，景物由外而内，由高而低，由大而小，由景而人；下阕承已而写，由已及人，由笙及梦，由梦及醒，由醒及恼，层层写来，针线细密。

在情感链的连接上，上阕由花之“孤”而自然点出“断送”之念，以“断送”一词总揽全篇。再接以“寂寞”“灭”“暗”“消歇”等词一路回应“断送”；下阕由“消歇”而生，由“冷”而“照”而“吹”，而“梦”而“懊恼”，环环递接，链条甚紧。其缜密的结构链与柔密的情感链相应相缩，有机地结合在一起，颇具匠心。

清平乐 弹琴峡题壁[①]

泠泠[②]彻夜，谁是知音者。如梦前朝何处也，一曲边愁难写。

极天关塞云中[③]，人随落雁西风。唤取红襟翠袖[④]，莫教泪洒英雄。

赏析

泠泠彻夜，谁是知音者？如梦前生何处也，一曲心愁难写……曾说，用一弦锦曲，写尽绮丽，写尽温柔。写尽前生的缘，写尽今生的梦……可奈今生，早已忘却锦曲的调子。任泠泠弦音，随风飞去，舞作迷茫的幽叹。

如梦的前朝繁华，如今再无寻处。唯有边塞的西风，若似曾相识的笑颜。锦弦音，再斑斓时，你孤独得都不是自己了。寂寞的心，一半高山，一半流水，只是琴韵早已不再悠扬。

点评

此篇为行役塞上之作。词中抒发了关塞行役中的“边愁”及

---

①弹琴峡：据《大清一统志·顺天府》：“弹琴峡，在昌平州西北居庸关内，水流石罅，声若弹琴。”②泠泠：形容水流声清脆。③极天句：谓居庸关的形势极其险要。④红襟翠袖：指歌女。

作者的兴亡之感。

词作由泠泠水声起兴。“泠泠彻夜”，清越的流水声，整夜响动不停。用“泠泠”形容流水的清脆悠扬，自是十分精当。容若既是饱学之士，化用陆机《招隐诗》中的名句“山溜何泠泠，飞泉漱鸣玉”，也就十分自然。然而唐刘长卿曾作过一首《听弹琴》诗，里面也有“泠泠”二字：“泠泠七弦上，静听松风寒。古调虽自爱，今人多不弹。”可见这“泠泠”既可以形容流水，亦可以描述琴声。此处容若正是由潺潺的流水声联想到泠泠的琴声，从而发出“谁是知音者”的疑问。

“如梦前朝何处也，一曲边愁难写”，看来，这鸣琴一样的水声勾起的还不仅仅是知音难觅的慨叹，这前朝如梦、边愁难写的无端意绪、种种悲感，皆复杂地交织在一起。至此，整个上阕，都是从听觉上引来的愁情落笔。

下阕转而从视觉、从眼前景上进一步渲染这种愁情。“极天关塞云中”，关塞的形势极其险要，似在极天，似在云中。“极天”言关塞之远，“云中”谓关塞之险，皆出之于夸张之词。这样险要的边关之地，自然是极其寥廓辽远的。“人随落雁西风”，猎猎西风之中，只有南回的北雁伴随着羁旅边关的漂泊之客。在上阕里，词人说，“一曲边愁难写”，那么此时，在极天云中的关塞，而行军中又伴随着“落雁”和“西风”，这时候“边愁”会如何？更到哪里去找知音者呢？

“唤取红襟翠袖，莫教泪洒英雄”，结尾二句，由辛弃疾《水龙吟·北固亭怀古》中词句“倩何人，唤取红巾翠袖，揾英雄泪”化出，自然浑成，表达了难以名状的孤独寂寞的情怀，深切感人。

谒金门

风丝[①]袅，水浸碧天清晓。一镜湿云青未了[②]，雨晴春草草[③]。

梦里轻螺谁扫[④]，帘外落花红小。独睡起来情悄悄[⑤]，寄愁何处好。

赏析

整个春天，演绎的不过是一场落花和流水的故事。

有情愿，有不情愿，也如花开花落般的简单。

但你的心，从未静如止水。

梦里，你忧愁如柳丝，牵来几朵单身的白云。

梦里，你那画眉的指头，抚摸着伊人的浅浅沉吟，浅浅笑。

可是醒来，依旧是风雨夜水茫茫，依旧是古渡横空船。

一次次，你唯有轻轻地掬起一捧相思水，喝在口里，渴在心里。

---

①风丝：因风飘荡的柳丝。②一镜湿云：指倒映在水面的云。一镜，谓水平静如镜。未了：不尽。③草草：匆促。宋张炎《采桑子》词："客里看春多草草。"④轻螺：细眉。螺，即螺黛，青黑色颜料，可用来画眉，因作女子眉毛的代称。扫，画。⑤悄悄：忧愁貌。

点评

此篇写法别致，即以乐景写哀情，形成强烈的反差，从而凸显了伤春意绪，伤离哀怨。

上阕以轻倩妍秀的笔触，描写室外美好的春景。首句，“风丝袅，水浸碧天清晓”，容若喜欢将风中的柳丝说成“风丝”，比如“帘影谁摇，燕蹴风丝上柳条”“嫩烟分染鹅儿柳，一样风丝”，还有这句“风丝袅”。

容若如此称谓风中柳丝，简洁自不必说，更重要的是将这两种轻盈飘柔的意象融合在一起，常常能给人一种逗惹春思的感觉。比如此处“风丝袅，水浸碧天清晓”：微风吹来，袅袅的杨柳，丝丝弄碧；清晓时分，碧蓝的天空，澄澄地倒映水中，真是给人几多牵引，几多遐想。

接下来，纳兰便从这景色中看到了愁绪，他写道：“一镜湿云青未了，雨晴春草草。” 所谓“一镜”就是指像一面明镜的平水。“一镜湿云青未了”，承“水浸碧天”而来，谓水面上映出的云朵，一望无际，青色连绵。“青未了”本来是形容翠绿的山色，譬如杜甫“岱宗夫如何？齐鲁青未了”，用 “青未了”是表现山势坐落之广大，青翠之色浩瀚无涯，笔致简劲有力。因为此处容若用“青未了”形容的是“湿云”，所以笔致就由刚劲转为飘杳，尽显青云身姿之轻盈。

“雨晴春草草。”上阕的前三句，写的是清晓雨霁，水天青青，柔风细细。这本应该是一片令人振奋的风光，但词以“春草草”三字陡然折转，露出了心中的苦涩。草草，劳心烦恼之意，如《诗经·小雅·巷伯》：“骄人好好，劳人草草”，李白《新林浦阻风诗》：“纷纷江上雪，草草客中悲。”

那词人为何会觉得雨过天晴，春色反而令人增添愁怨呢？“梦里轻螺谁扫，帘外落花红小。”这片点明烦恼之由，即梦中还曾与伊人相守，还曾为她描画眉毛，梦醒则唯见帘外落花，故生惆怅，难以排解。

于是，“独睡起来情悄悄，寄愁何处好”，独自醒来，但感忧心悄悄，这缭乱的愁思，不知何处能寄？纳兰以反问结束整首词，他自己也不知道，这一腔的幽思该如何化解，提笔像是自问，又好像是寻求答案。这种矛盾的心情让人看后不由得心疼，爱一个人，真的就如此纠结吗？

忆秦娥

长飘泊，多愁多病心情恶。心情恶。模糊一片，强分哀乐[1]。

拟将欢笑排离索[2]，镜中无奈颜非昨。颜非昨。才华尚浅，因何福薄。

赏析

一壶漂泊浪迹天涯难入喉，你走之后，酒暖回忆思念瘦。自从搭上了人生这班车，就注定了天涯倦旅，半零落依依。不知道下一站，在春，还是秋？

一程又一程，人笑我笑，人哭我哭。早已经厌倦了漂泊，厌倦了流浪，可却不得不继续走下去，身心皆已疲，镜里朱颜老。

天地是如此广阔，社会却是如此嘈杂，人生竟是如此的无奈。举杯豪饮，纵情高歌，难解心中郁闷。像生一样苦，像死一样苦，像梦一样苦，像醒一样苦……

---

①强分：谓不可分而硬是要分。哀乐，偏义复词，偏于乐。②离索：指离群索居之寂寞。

点评

“长飘泊，多愁多病心情恶”，词作开门见山，直吐胸中郁郁之气。因为长年累月，如风抛残絮般地漂泊在大江南北，所以愁生如蒿，身体和心情都每况愈下。“多愁多病心情恶”句，显然借鉴了苏轼的“多情多感仍多病，多景楼中”，连用“多”字言情发端，以其奇兀给人以强烈的印象。因为“心情恶”，所以会“模糊一片，强分哀乐”。

这两句有些难解，表面谓哀与乐，模糊一片，分辨不清；实际上是说心中已经无乐，硬是要分的话，也只有随人强作的乐态而已。这或许就是使命，是宿命的归结。纳兰百般挣扎之后，依然还是一道在王权倾轧下的寂寞背影，他明白自己的处境，自然也就不会心情好起来。

“拟将欢笑排离索，镜中无奈颜非昨”。离群索居的寂寞和心头的烦闷郁结久压心中，词人感觉自己都快经受不住了，于是他希望能用欢笑把它们排遣掉。可是，对镜一看，已非昨日之容，无情的岁月，已使词人脸上失去红润的颜色。

“颜非昨”，此极简短之句，却蕴含着无比深厚的内容：多愁多病之身，长年漂泊之境，朱颜衰败之景，种种不如意事都在其中。遂于结尾爆发一声喝问：“才华尚浅，因何福薄。”是啊，我纳兰容若又非李白、杜甫、苏轼那样才华盖世之辈，为何福薄如此呢？

过去词家论词，认为浅露乃词作大忌，对此，容若似乎忘得一干二净。在这首词里，他简直不作任何掩饰，直喷苦水，丝毫含蓄意味也没有。很清楚，当他对宦途厌恶得无法自制之时，便如鲠在喉，不吐不快，完全置词作传统的要求于不顾了。

醉桃源

斜风细雨正霏霏[①]。画帘拖地垂。屏山[②]几曲篆香微。闲亭柳絮飞。

新绿密，乱红稀。乳莺残日啼。余寒欲透缕金衣[③]。落花郎未归。

赏析

落花有意随流水，流水无心恋落花。其实落花未曾厚于流水，流水又何曾负于落花？花自飘零水自流。到底是谁的错？

或许他们都没有错，错就错在命运不该如此安排，让他们相遇，相爱，却不能相守。我追逐着你，就如流水追逐着落花，看着前方的你近在咫尺，却如在天涯。

有一种感觉总在失眠时，才承认是怀念。有一种目光总在分手时，才看见是依恋。有一种心情总在离别后，才明白是失落。

点评

小词描写女子的闺中情绪，清新雅致，颇有“花间”风味。

首句“斜风细雨”与“霏霏”连用，突出风雨正盛。“画

---

①斜风句：唐张志和《渔歌子》词：“斜风细雨不须归。”霏霏：雨雪纷飞的样子。②屏山：绘有山的屏风。篆香：像篆字的香。③缕金衣：饰有金丝的衣服。

帘拖地垂”，这句由室外景转向室内景。房屋是华美的，画帘垂地，此刻静无人声，曲折的屏风掩住了室内景象，那尚未燃尽的篆香，余烟袅袅。“闲亭柳絮飞”，闲亭，即寂静的小亭，此为静景；“柳絮飞”，柳絮如浮云，并无根蒂，天地阔远，随风飞扬，此为动景。这表面的一动一静之景，其实反映了女主人公的心情亦在动静之间，颇不能平。

“新绿密，乱红稀”，下阕首二句仍是室外景。春雨初霁，绿色的叶子由于雨水的滋润渐转葳蕤；而盛开的花朵在雨水的敲打之下，已是落红阵阵，顿显稀疏。一“新”一“乱”一“密”一“稀”，对比鲜明，直追李清照的“绿肥红瘦”。接下一句“乳莺残日啼”，“残日”说明已是黄昏时分，此时身在闺中的女主人公听见了乳莺的啼叫声。春天莺啼，自能唤得人春心萌动，况且还是乳莺啼呢。“余寒欲透缕金衣。落花郎未归。”果然，一声莺啼唤起了寂寞几许。因为“余寒”指雨后的寒冷，而雨后的薄寒又怎能“欲透缕金衣”呢？一个“透”字，隐隐写出了心中的冷意。“落花郎未归”，结尾如春光乍泄，点醒题旨，表达了伤春伤别的愁情，有含蓄不尽之致。

眼儿媚

重见星娥碧海查①，忍笑却盘鸦②。寻常多少，月明风细，今夜偏佳。

休笼③彩笔闲书字，街鼓已三挝④。烟丝欲袅，露光微泫⑤，春在桃花。

赏析

你刚刚远行回来，伊人心花开了，却强忍着笑容。她的一切都和平时没有什么不同，但不知为什么，她在你眼里却有一种异乎寻常的美丽。

炉香静静地飘着，外面的街巷里，三更的鼓声刚刚打过。夜已阑珊。你再也不想写什么了。推开了手头的纸和笔，坐在那里，微笑地凝视着她那如桃花般动人的面孔。人生若只如初见，那该多好。

点评

此篇写归家与爱妻重逢之喜悦，其中表现出的夫妻爱情之快

---

① 星娥：神话传说中的织女。碧海查：犹碧海槎。查，同“槎”，木筏。②却：再。盘鸦：妇女发髻的名称。③笼：通“拢”，握、拈之意。④街鼓：更鼓。挝：敲打。⑤微泫：本指水微微下滴流动之貌。此处是形容爱妻的脸光彩照人。

乐、喜悦之情感，在纳兰词中极为少见，实为难得。

“重见星娥碧海查”，首句即说别后重新见到了妻子。容若将妻子称为“星娥”，是有本依。星娥，指神话传说中的织女。后来有人将“星娥”用作诗词里的典故，用“星娥”代指明眸善睐的美女。

那容若归家后重见的“织女”，她在干什么呢？“忍笑却盘鸦”，她忍住欢笑，重新梳绕着她乌黑的发髻，显得妩媚动人。一个“却”字，把妻子内心深处一股难名状的喜悦激动之情恰当地反映出来。

见此“无声胜有声”的情景，作者遂感叹道：“寻常多少，月明风细，今夜偏佳”，意即往日虽也曾有过类似的情景，可是今夜，玉蟾皎皎，清风细细，自然胜过了那时的感受。上阕写夫妻相契的欢好，情溢于词，韵传字外。

“休笼彩笔闲书字，街鼓已三挝”，下阕前二句进一步写欣喜之情状：面对姣好美艳的妻子，便不再拈笔作字，纵然是夜已深，还是喜不自持。“休笼彩笔闲书字”一句，化用赵光远《咏手二首》之二：“慢笼彩笔闲书字，斜指瑶阶笑打钱。”

原诗表达的是一副怅然无绪的心情，此处，作者用一“休”字告诫自己：不要再援翰以遣闲心啦，好好与佳人共享眼前花辰吧。于是在袅袅沉香之中，他仔细地端详着妻子，看她秋波盈盈，言笑晏晏，好像春天里的桃花一般。“露光微泫”，出自南朝宋谢灵运《从斤竹涧越岭溪行》诗：“岩下云方合，花上露犹泫。”谢灵运的这句诗，描摹山水，不陶而净，不绘而工，容若借之形容爱妻光彩照人的容颜，十分精当，给人以无穷的美感和无尽的联想。“烟丝欲袅，露光微泫，春在桃花”，这最后三句亦情亦景，清新委婉，情致深厚。

画堂春

一生一代一双人[①]，争教[②]两处销魂。相思相望不相亲[③]，天为谁春。

浆向蓝桥[④]易乞，药成碧海难奔[⑤]。若容相访饮牛津[⑥]，相对忘贫。

赏析

她是你心中的最美，你以为你们可以白头偕老，相拥至死。触手可及的幸福，满得似要溢出来。生活好甜，梦里都要笑出来。

一生一代一双人，别无所求。只是那红线，偏生短了那一截。绕来绕去，兜兜转转，终究，还是散了。

将门贵胄又如何，失了她，你一无所有。

点评

这首小词是容若对一段可遇而不可求、“相思相望不相亲”

---

①一生句：语本唐骆宾王《代女道士王灵妃赠道士李荣》诗：“相怜相念倍相亲，一生一代一双人。”②争教：怎教。③相思句：语本唐王勃《寒夜怀友》诗：“故人故情怀故宴，相望相思不相见。”④蓝桥：在陕西蓝田县东南蓝溪上，传说此处有仙窟，为裴航遇仙女云英处。此处用这一典故是表明自己的“蓝桥之遇”曾经有过，且不难得到。⑤药成句：反用嫦娥偷吃西王母之灵药奔月宫的故事，意思是纵有深情却难以相见。⑥饮牛津：指传说中的天河边，此借指与恋人幽会处。

的苦涩恋情的真挚独白。

首句便是“一生一代一双人，争教两处销魂”，明白如话，无丝毫装点：明明是天造地设的一双人，却偏要分离两处，各自销魂神伤、相思相望。对恋人来说，这样的遭际真是残酷至极，也难怪容若会追问：“天为谁春。”

下阕转折，接连用典。“浆向蓝桥易乞”，此是裴航的一段故事：裴航在回京途中与樊夫人同舟，赠诗以致情意，樊夫人却答以一首离奇的小诗：“一饮琼浆百感生，玄霜捣尽见云英。蓝桥便是神仙窟，何必崎岖上玉清。”

裴航见了此诗，不知何意，后来行到蓝桥驿，因口渴求水，偶遇一位名叫云英的女子，一见倾心。此时此刻，裴航念及樊夫人的小诗，恍惚之间若有所悟，便以重金向云英的母亲求聘云英。

云英的母亲给裴航出了一个难题：“想娶我的女儿也可以，但你得给我找来一件叫作玉杵臼的宝贝。我这里有一些神仙灵药，非要玉杵臼才能捣得。”

裴航得言而去，终于找来了玉杵臼，又以玉杵臼捣药百日，这才得到云英母亲的应允。——这不仅仅是一个爱情故事，在裴航娶得云英之后还有一个情节：裴航与云英双双仙去，非复人间平凡夫妻。

“浆向蓝桥易乞”，句为倒装，实为“向蓝桥乞浆易”，容若这里分明是说：像裴航那样的际遇于我而言并非什么难事。言下之意，似在暗示自己曾经的一些因缘往事。

那么，蓝桥乞浆既属易事，难事又是什么？是为“药成碧海难奔”。这是嫦娥奔月的典故，颇为易解，而容若借用此典，以纵有不死之灵药也难上青天，暗喻纵有海枯石烂之深情也难与情人相见。

这一叹息，油然又让人想起那“相逢不语”的深宫似海、咫尺天涯。“若容相访饮牛津”仍是用典。有一古老传说，谓大海尽处即是天河，海边曾经有人年年八月都会乘槎往返于天河与人间，从不失期。天河世界难免令人好奇，古老的传说也许会是真的？

于是，那一日，槎上搭起了飞阁，阁中储满了粮食，一位海上冒险家踏上了寻奇之路，随大海漂流，远远向东而去。也不知漂了多少天，这一日，豁然见到城郭和屋舍，举目遥望，见女人们都在织布机前忙碌，却有一名男子在水滨饮牛，煞是显眼。问那男子这里是什么地方，男子回答：“你回到蜀郡一问严君平便知道了。”

严君平是当时著名的神算，上通天文，下晓地理，可是，难道他的名气竟然远播海外了吗！这位冒险家带着许多的疑惑，调转航向，返回来时路。一路无话，后来，他当真到了蜀郡，也当真找到了严君平。

严君平道：“某年某月，有客星犯牵牛宿。”掐指一算，这个“某年某月”正是这位海上冒险家到达天河的日子。那么，那位在水滨饮牛的男子不就是在天河之滨的牛郎吗？那城郭、屋舍，不就是牛郎、织女这一对金风玉露一相逢的恋人一年一期一会的地方吗？

“若容相访饮牛津，相对忘贫”，容若用典至此，明知心中恋人可遇而不可求、可望而不可即，只得幻想终有一日宁可抛弃繁华家世，放弃世间名利，纵令贫寒到骨，也要在天河之滨相依相偎、相亲相爱，相濡以沫。

河渎神

凉月转雕阑①，萧萧木叶声乾②。银灯飘落琐窗③闲，枕屏④几叠秋山。

朔风吹透青缣被⑤，药炉火暖初沸。清漏沉沉无寐，为伊判得憔悴⑥。

赏析

月，遥遥悬挂于寥落的天空上，最是冷清，最是孤寂。谁家今夜扁舟子，何处相思明月楼？问天无语，觅人无踪。

我清澈的思念，虽然美丽如诗，却只能在夜晚穿梭，落入枕边。思念遥相寄，相思比梦长。红尘俗世永远是一个人的漫游，一个人的烦忧，永远是一个人的月朗星稀，一个人的地老天荒。

点评

这首词，绝大篇幅都是景物描绘，只于结尾处点旨，表明秋夜相思之情。

---

①雕阑：即雕栏，雕花的栏杆。②乾：形容声音清脆响亮。③琐窗：雕作连锁形花纹的窗。④枕屏：枕前的屏风。⑤青缣被：青色细绢缝制成的被子。缣：细绢。⑥为伊句：语本宋柳永《凤栖梧》词："衣带渐宽终不悔，为伊消得人憔悴。"判：同"拼"，甘愿、情愿。

“凉月转雕阑，萧萧木叶声乾。”寒月转过雕栏，落叶萧萧，飘落时发出清脆的响声。“萧萧木叶声乾”一句，化用柳永《倾杯》词中成句“空阶下、木叶飘零，飒飒声乾”颇为得法，似乎招之即来，挥之即去，取以表达自己秋日冷落情怀，而不露明显的斧凿痕迹。接下“银灯”两句，转写室内景象。“银灯飘落”，银灯里点燃的灯芯草会结花，习习晚风吹来，灯花旋而飘落，此说明作者独坐已久。“琐窗闲”，“琐窗”指镂刻有连琐图案的窗，“闲”字谓无意趣，表明作者无寥的心思。“枕屏”，指床头枕边的屏风。寂寂的枕屏在秋夜里静默着，好似几叠秋山连绵到远方，引起作者对远人的无端怀想。上阕之景是从大景写到小景，从室外写到室内，都是肃杀凄凉之景。

下阕前二句仍是景语，是继上阕的结二句写室内之景。“朔风吹透青缣被”，“朔风”指北风，北风凛冽，似是要把青色细绢缝制成的被子吹透，秋寒如此，可见一斑。接下一句，“药炉火暖初沸”，化用王次回《述妇病怀》诗句“无奈药炉初欲沸，梦中已作殷雷声”，写恹恹病中情景。——那本来无恙的作者为何会遭疾？结尾二句点明是因为相思而致多愁多病。“清漏沉沉无寐，为伊判得憔悴”，清漏声声，悠远隐约，那人再也无法安眠，但即便如此憔悴，为了伊人，我也无怨无悔。“为伊判得憔悴”，显然脱自柳永《凤栖梧》中名句“衣带渐宽终不悔，为伊消得人憔悴”，这一结绾在一片凄凉景象的烘托之下，更显实密厚重。

荷叶杯

知己一人谁是？已矣。赢得误他生①。有情终古似无情，别语悔分明。

莫道芳时②易度，朝暮。珍重好花天③。为伊指点再来缘④，疏雨洗遗钿⑤。

赏析

终于，你等到了。高山流水遇知音。她是那么冰雪聪明。吹花嚼蕾弄冰弦，赌书消得泼茶香。真真神仙眷侣。然而，那一支高山流水曲，还未来得及演绎，知音便已去。

你伤心至极，醒也无聊，醉也无聊。梦好也难留，真个残忍。黄泉碧落，你恨不能随她而去。

只是高堂在上，幼子在下，你有你的责任。真爱已矣。只向从前悔薄情。天上人间，从此眉不展。

点评

这是一首怀念亡妻的小词，凄婉哀怨，动人心魄。“知己一

---

①他生：犹来生。②芳时：花开时节，即良辰美景之时。③好花天：指美好的花开季节。④再来缘：来世的姻缘，用韦皋、韩玉箫事。⑤钿：指用金、银、玉、贝等镶饰的器物。这里代指亡妇的遗物。

人谁是？已矣。”词发端显旨，开头径直道出“知己”二字，点明了卢氏对自己无可替代的重要正在于相知相许，琴瑟相得，这一定位在悼亡词中显得格外珍贵动人。然而，这样一位知己竟然猝然离世，凄然归天，令人恨然心痛。“已矣”一句，虽只有两字，但是笔力千钧，直抒伤痛之情，已是先声夺人。接下来“赢得误他生”，却笔锋勒马，由刚转柔，用情语铺叙。“赢得”即落得，“他生”即来生，李商隐《马嵬》诗有“海外徒闻更九州，他生未卜此生休”，“误”即来生被误，属于正话反说，意思是今生遇见你，不可能有别的选择了，其实是指生死不渝。

接下两句，“有情终古似无情，别语悔分明”，前一句化用杜牧《赠别》中诗句“多情却似总无情，惟觉樽前笑不成”，表达了对亡妻刻骨铭心的缅怀。“有情”，指双方本来就有真挚感情，此刻死别，更是思绪万端，黯然销魂。也许词人应当表现两人曾经缱绻缠绵的柔情，但实际上，却是默然与妻子亡魂相对，无以为语，所以说“终古似无情”。“别语悔分明”同“有情终古似无情”一样，都是一种错位的表达：词人后悔将别语记得太分明，是因为妻子千嘱咐、万叮咛之后，就飘然而逝，而一想起对自己的深情别语，他就痛不欲生。假若别语记得不是很分明，自己也就不会这么痛苦了。“别语悔分明”，淡淡一句，却蕴含极深，用情彻骨。

下阕，“莫道”三句，仍是抒发这剪不断的丝丝挂念，缕缕哀思。“莫道芳时易度，朝暮”，意谓不要说良辰美景能轻易度过，我朝朝暮暮都忖念着你啊。既是“朝暮”思念，那么这良辰美景，也应是虚设了。那又为何要“珍重好花天”，爱惜这美好的花开季节呢？这是因为要“为伊指点再来缘，疏雨洗遗钿”，即要收拾好亡妻遗物，使她来生看见此物时，为她指点，让她能记起前生。

“为伊指点再来缘”一句，用的是韦皋、韩玉箫事。韦皋年轻时游历江夏，住于姜使君处教书。姜家有一婢女，名叫玉箫，年仅十岁，常往服侍韦皋，二人久而生情。后来韦皋因事离开，便和玉箫约定：少则五年，多则七年，一定回来接走玉箫。五年过去了，韦皋没有回来，玉箫总是在鹦鹉洲上默默祈祷，就这样又过了两年，到了第八年的春天，玉箫绝望了，悲伤之下，绝食而死。后来，韦皋出任蜀州，当时祖山人有少翁的法术，能使死者魂魄出现在人面前。韦皋见玉箫魂魄，就和她说，明日就托生，十二年后再为侍妾。

后来有一次，适逢韦皋诞日，东川卢尚书献一歌姬祝寿，年十二，名字就叫玉箫。于是韦皋唤她，发现就是以前的婢女玉箫。词人用此典故，是深感从前美满已成绝望，深痛知己的永诀，幻想再续前缘，深切感人。最后“疏雨洗遗钿”一句，清淡凄冷，有景有情，全词情意飞流直下，到这里收刹非但没有不妥，还恰到好处地催人泪下。

摊破浣溪沙①

林下荒苔道韫家②，生怜玉骨委尘沙③。愁向风前无处说，数归鸦。

半世浮萍随逝水④，一宵冷雨葬名花。魂似柳绵⑤吹欲碎，绕天涯。

赏析

侬今葬花人笑痴，他年葬侬知是谁？

终于明白黛玉为何要葬花了。花有情，草有心，风也流泪，雨也会有伤痕。所有的刻骨并且铭心过的，都将烟消云散。

长安古道的风尘，江南迷茫的烟雨，那些风花雪月的事，那些俗世红尘的恩怨。葬花原是想念。想念一段过往的美丽情愫，想念那走过的路，那牵过的手。

点评

这首词，有人认为是悼亡之作，但至少表面看上去也像一首

---

① 摊破浣溪沙：一作“山花子”。②道韫：东晋王凝之的妻子谢道韫。道韫有文才，曾以“未若柳絮因风起”的咏雪名句而为人称赏。此代指亡妻卢氏。③生怜：深怜、甚怜。玉骨委尘沙：指亡妻掩埋坟墓中。④半世句：谓半生的命运如同浮萍随水漂流。⑤柳绵：柳絮。

咏物词，至于所咏何物，或是雪花，或是柳絮，迷迷蒙蒙，不能道明。

“林下荒苔道韫家”，句子开头的“林下”二字，十分不似用典，极易忽略，其实，这正是谢道韫的一则轶闻：谢遏和张玄各夸各的妹妹好，都是天下第一。当时有一尼姑，与二人皆识，有人就问这位尼姑：“你觉得到底谁的妹妹更好呢？”尼姑说：“谢妹妹神情散朗，有林下之风；张妹妹清心玉映，是闺房之秀。”“林下之风”是说竹林七贤那样的风采，“林下”一词就从此出，那位谢妹妹正是谢道韫。

接下来，道韫，即谢道韫。谢道韫在诗词中的意象一重一轻大约共有两个，重的那个与下雪有关：谢家，有一天大家在庭院赏雪，谢安忽然问道：“白雪纷纷何所似？”谢安哥哥的儿子谢朗抢先回答道：“撒盐空中差可拟。”（就像往天上撒盐一样）众人大笑。

这个时候，侄女谢道韫答道：“不如比作‘柳絮因风起’更佳。”——仅仅因为这一句“柳絮因风起”，谢道韫便在古今才女榜上雄踞千年。从这层意思上说，容若写“林下荒苔道韫家”，或许和雪花有关，或许和柳絮有关。轻的那个，是从谢道韫的姓氏引申为“谢娘”，而谢娘这个称呼则可以作为一切心爱女子的代称。从这层意思上说，容若写“林下荒苔道韫家”，或许是在怀人。

但是歧义仍在，究竟确指什么呢？下一句“生怜玉骨委尘沙”，不仅没有确认前一句中的歧义，反倒对每一个歧义都可以做出解释。生，这里是“非常”的意思，而“玉骨委尘沙”既可以指女子之死，也可以指柳絮沾泥，或者是雪花落地。前一句里留下来的三种歧义在这里依然并存。

“愁向风前无处说，数归鸦”，点明愁字，而“归鸦”在诗歌里的意象一般是苍凉、萧瑟。乌鸦都在黄昏归巢，归鸦便带出了黄昏暮色的感觉，如唐诗有“斜阳古岸归鸦晚，红蓼低沙宿雁愁”；若是离情对此，再加折柳，那更是愁上加愁了，如宋词有“柳外归鸦，点点是离愁”，有“长亭柳色才黄，远客一枝先折。烟横水际，映带几点归鸦”。归鸦已是愁无尽，前边再加个“数”字，是化用辛弃疾“佳人何处，数尽归鸦”，更显得惆怅无聊。

“半世浮萍随逝水，一宵冷雨葬名花”，下阕开头是一组对句，工整美丽。上句是柳絮入水化为浮萍的传说，而“半世”与“一宵”的对仗，时间上一个极长，一个极短，造成了突兀陡峭的意象；推敲起来，“半世浮萍随逝水”似乎是容若自况，“一宵冷雨葬名花”则是所咏之人或所咏之物。我，半生如浮萍逝水，不值一顾；你，名花国色，却毁于一宵冷雨。

末句“魂似柳绵吹欲碎，绕天涯”，化自顾敻词“教人魂梦逐杨花、绕天涯”，却明显比顾词更高一筹，以柳絮来比拟魂魄，“吹欲碎”双关心碎，“绕天涯”更归结出永恒和漂泊无定的意象，使情绪沉痛到了最低点。

那此篇所言，到底为何？或是伤悼，或不是。总之是：扑朔迷离，含思要妙，情致深婉，耐人寻味。

摊破浣溪沙

风絮飘残已化萍[①]，泥莲刚倩藕丝萦[②]。珍重别拈香一瓣[③]，记前生。

人到情多情转薄，而今真个悔多情。又到断肠回首处，泪偷零。

赏析

君本天上多情种，不是人间富贵花。君是浊世翩翩佳公子，舍得下荣华富贵，却抛不开纠缠错结的万千情丝。

亡妻的一颦一笑，一缕香魂，都让你柔肠寸断，落泪如雨，魂梦相依。手中的一杯淡酒，心头的几度思量，无人懂，无人知。

茕茕白兔，东走西顾。衣不如新，人不如故。再回首，春已去，花又落，用心良苦成蹉跎。

点评

这是一首深透缠绵的悼亡词。

首句，“风絮飘残已化萍”，这是柳絮入水化为浮萍的传说，

---

①风絮句：旧说柳絮飘落入水为浮萍。②泥莲：荷塘中的莲花。倩：请。③一瓣：犹一炷。

所传达的是“飘零无据”的意象，一个“已”字说明了这已是完成时，更是回天乏力了。“泥莲刚倩藕丝萦”，泥莲，即是泥中的莲花，唐诗里有“泥莲既没移栽分，今日分离莫恨人”。显然，词人用泥莲和藕丝，是为了表达相思萦怀、依依不舍的情绪。

“珍重别拈香一瓣，记前生”，这一句略微费解，从上句之柳絮与浮萍、泥莲和藕丝来看，这里“别拈香一瓣”似是说，分别之时两人手里各自拈着一瓣花瓣，以待来生转世之时，凭此花瓣的标识来重续姻缘。但是，更可靠的解释是：此处之香，指的是烧香的香。

“珍重别拈香一瓣”，这个“拈”字也表明“香一瓣”应是瓣香而非花瓣，此是因为有一专门称谓——“拈香”。所谓拈香，并不能望文生义地理解为手里拈着一支香，而是“烧香”之意。

香的种类有许多，诸如线香、末香、瓣香等，容若这里所说的“香一瓣”应该就是瓣香。瓣香乃香中极品，是把檀香木劈成小瓣做成的，唯其尊贵，所以后来被作为香的泛称。

容若伤情伤世，心向佛门，焚香读经，甚至自号为楞伽山人，许多词作都带着浓浓的出尘色彩。所以，“珍重别拈香一瓣，记前生”，这是明知今生已矣，但求来生，以心香一瓣为记，但愿前缘可续、并蒂重开。

“人到情多情转薄，而今真个悔多情”，这是容若的一个名句。情，是容若词作中、生命里的一个永恒主题，他似乎永远是为情而生、为情而伤的。这里表面似乎在说：情太多了便物极必反，如今也开始后悔当初的多情，但这果是容若的真心之语吗？当然不是，仅是他的自我开解而已，因为后面马上就是多情得无法自拔的句子：“又到断肠回首处，泪偷零。”

多情和无情，有时候乍看上去确实难以区别。唯其多情，恰似无情，这样的感触早在杜牧的时候就已经有了：“多情却似总无情，唯觉樽前笑不成。蜡烛有心还惜别，替人垂泪到天明。”人已无情，所以由蜡烛来替人垂泪。明知情深难寿，却依然情无反顾。人和人毕竟不同，只有挚情的人，才能够理解挚情的人。

摊破浣溪沙

欲话心情梦已阑①，镜中依约见春山②。方悔从前真草草③，等闲看。

环佩④只应归月下，钿钗⑤何意寄人间。多少滴残红蜡泪，几时干。

赏析

诗人说：

世界上最远的距离，不是生与死的距离，而是我站在你面前，你却不知道，我爱你。

世界上最远的距离，不是我站在你面前，你不知道我爱你，而是爱到痴迷，却不能说我爱你。

世界上最远的距离，不是我不能说我爱你，而是想你痛彻心脾，却只能深埋心底。

世界上最远的距离，不是我不能说我想你，而是彼此相爱，却不能够在一起。

---

①梦已阑：梦醒。阑：残，尽。②依约：隐隐约约。春山：女子眉毛的美称。③方悔句：清彭孙遹《卜算子》词："草草百年身，悔杀从前错。"④环佩：古人衣带所佩之玉器，后专指女子之妆饰物，这里借指所爱之人。⑤钿钗：女子之妆饰物，代指已逝爱人的遗物。

所以，天下有情人，若你们相爱，却无法在一起，不妨现在就大声告诉他（她），我日夜都在想你；若你们有幸相守相携，求你们彼此好好珍惜，莫待人去楼空时，却那样地一声叹息：方悔从前真草草，当时只道是寻常……

点评

这是一阕悼亡词，虽然体为小令，但却抒情委婉深挚，一波三折。首句“欲话心情梦已阑”，化自辛弃疾《南乡子·舟中记梦》的“别后两眉尖。欲说还休梦已阑”，辛词正巧也是记梦，也是话未说而人已醒，容若埋怨勾起他睹物思人的那些钿钗环佩，辛弃疾埋怨的是那“不管人愁独自圆”的前夜的月亮：

敧枕橹声边。贪听咿哑聒醉眠。变作笙歌花底去，依然。翠袖盈盈在眼前。

别后两眉尖。欲说还休梦已阑。只记埋冤前夜月，相看。不管人愁独自圆。

辛词写梦中思念之人，用的是“翠袖”；容若写梦中思念之人，用的是“春山”，虽用词有异，但手法皆同。春山在古诗词里的意象众多，这里是形容女子的眉毛。最早的出处或许是卓文君的一段轶事，她的眉毛被形容为“如望远山”。这个比喻堪称绝妙，比柳叶眉之类的形容好过百倍，让人能参其美却无法具体勾勒，能意会而不可言传。后来，眉和山的关系便被牢固地建立起来了，诗词里常用之语便有“远山”“春山”“远山长”“春山翠”，等等。接下一句，“方悔从前真草草，等闲看”，这一句大约化自彭孙遹“草草百年身，悔杀从前错”，与“当时只道是寻常”意同，谓总要在失去之后才懂得珍惜。

下阕对句益发沉重，“环佩只应归月下，钿钗何意寄人间”，上句用杜甫《咏怀古迹》五首之三的“画图省识春风面，环佩空归夜月魂”，是过昭君村而吟咏昭君之作；下句用白居易《长恨歌》“唯将旧物表深情，钿合金钗寄将去”，是杨贵妃死后，方士为之招魂，“上穷碧落下黄泉”，终于得见，杨贵妃取金钿钗合，合析其半，让方士转交唐明皇以念旧好。容若引用这两个典故时，反用其意，说旧时故物何必再见，徒然惹人伤感，不能自拔。这样的话，自是“人到情多情转薄，而今真个悔多情”，愈见其心情沉痛。

这两个典故同时还点明：伊人已逝，心期难再。词义到此而明朗，自是为卢氏的悼亡之作无疑。

末句“多少滴残红蜡泪，几时干”，明说蜡烛流泪，实指自己泪涟；明问蜡泪几时干，实叹自己伤痛几时能淡。词句暗用义山之名句“蜡炬成灰泪始干”，所以，问蜡泪几时干实属明知故问，容若明明知道蜡烛要等到成灰之时泪才会干，也明明知道自己要等到生命结束之日才会停止对亡妻的思念。

南歌子

翠袖凝寒薄[①]，帘衣入夜空[②]。病容扶起月明中。惹得一丝残篆[③]，旧薰笼。

暗觉欢期过，遥知别恨同。疏花已是不禁风，那更夜深清露，湿愁红[④]。

赏析

夜已深了，你睡了吗？还是与我一样，独望残月呢？是否还记得，我为你点燃的熏笼味道？那时，你曾说，你喜欢这味道，因为这味道可以让你想起我。你若有一天远行，定要带它在身边才好。

你这样每晚因思念我而哭泣，生病了如何是好？愿托明月，将我对你的思念，送至你的身边。其实却也是不必的，因为你我的思念，早已穿越千里，到达对方身旁。其实我们一直都在一起，不曾分离。

---

①凝寒：严寒。杜甫《佳人》诗："天寒翠袖薄，日暮倚修竹。"②帘衣：帘子。空：空寂。③残篆：将要燃尽的篆字形的香。④愁红：即惨绿愁红，指残花败叶。

点评

《南歌子》也名《水晶帘》《碧窗梦》等，都是很美的名字。原是唐教坊曲名，后用作词牌名。这阕《南歌子》，全从对方落笔，写她苦苦相思的情态，被人评为容若“哀感顽艳，得南唐二主之遗”的代表之一。

首二句中的“翠袖凝寒薄”，系用杜甫诗《佳人》“天寒翠袖薄，日暮倚修竹”句意，杜诗写了一位为丈夫所遗弃的妇人自保贞节的德操品行。这里用以描摹女主人公不胜清寒之貌，同时暗示她离居的忧伤，和对远人一往情深的盼望。“帘衣入夜空”，帘衣，就是帘子，帘是用来隔开屋里屋外，似是人穿的衣裳，故曰。“空”既可以指帘内空寂，也可以指帘外空漠，总之是衬人离怀之语。

“病容扶起月明中”，清凉如水的夜晚，一人独自，身难暖，心亦寒，更何况“病容扶起”？“病容扶起”，也就是扶病而起。想必是皎洁的月光下，她对镜自视，发现自己倏然憔悴许多，而此孱僽模样，她又不想让远人看到，所以辗转反思，难以成眠，于是只好“病容扶起”，看那如水月色了。

“惹得一丝残篆，旧薰笼。”夜已深了，篆香也将要燃尽，她还没有睡，独望残月后，她又凝视着旧时的薰笼，想起往日与他一起点燃熏笼的情景。“惹得”二字，精妙非常，似是说那淡白色的烟丝丝缭绕，分明是她对他的心，万般牵挂，不能割舍。

“暗觉欢期过，遥知别恨同”，下阕首二句终于点明离别相思的题旨了。二人的欢期已经过了，但即便分离已久，她仍然知道，恋人和自己一样，都在思念着对方。接下三句，“疏花已是不禁风，那更夜深清露，湿愁红”。表面意思是说，花朵已经稀疏冷落，不能经受风吹，又怎么经得起夜深露重呢？于是经风着露，只落得个惨绿愁红。实际上，“疏花”是与上阕的“病容”相对应的，古人常有把女子比成花朵，以花朵经受风雨摧残喻女子青春易逝的写法，词人此处亦然。所以表面上谓花朵一片惨淡，实际上是说女子再也不能经受离愁别恨的折磨，否则就会憔悴红颜，身心交瘁，伤心彻骨。这最后三句，写花写人，一语双关，情韵宛然。

浪淘沙

紫玉拨寒灰，心字全非[①]。疏帘犹是隔年垂，半卷夕阳红雨[②]入，燕子来时。

回首碧云西，多少心期[③]。短长亭外短长堤。百尺游丝[④]千里梦，无限凄迷。

赏析

深夜时分，你径自取来一段红烛，红如牵绊人一生的缱绻缠绵。你伸出纤细白皙的手指，一笔一画地刻上缘字。缘，铭刻在三生石映照的前世今生中，被时光风干成绮丽的传说，嵌在他的灵魂。很美，不是吗？

你刻意地把那缘字对向他，点燃。等它化作一池红泪，等缘，四散成空。即便缘灭，你依旧执拗地，不想放手。可心呢？非要等到死，才是罢休吗。

点评

本篇采用从对方落笔的手法，写春怨，写闺中少妇寂寞无聊，

① 紫玉二句：紫玉，指紫玉钗。心字，即心字香。②红雨：比喻落花。③心期：心愿、心意。④游丝：飘着的蛛丝。

伤春伤情的情状。

上阕写她在室内百无聊赖的情景。“紫玉拨寒灰，心字全非”，“紫玉”即紫玉钗，“寒灰”即心字香烧完之后的冷灰，亦可喻指心如死灰。

“疏帘犹是隔年垂”，再看那竹帘，自从去年垂下之后就再也没有动过。“半卷夕阳红雨入，燕子来时”，红雨并非红色的雨，而是纷飞的落花，如果用动词来表达，就是“落红如雨”。“半卷夕阳”，“半卷”是承接上一句“疏帘犹是隔年垂”而来，是说这位女子把那垂了很久的帘子半卷了起来，马上便透进了夕阳，也飘进了纷纷的落花。

“回首碧云西，多少心期”，下阕起头，开始转写她所见的室外景象。“心期”即心愿，从上阕看到燕子飞来，转而“回首碧云西”，以“碧云西”来感叹“心期”，自见几分渺茫和惆怅。心期或许在盼着那人能与燕子一同归来，却望断碧云，渺茫无极。

“短长亭外短长堤”，“短长亭外”，为诗词语言，盖为两义：一是送别，二是思归。容若这句是化自宋谭宣子《江城子》“短长亭外短长桥”，只把“桥”字换成了“堤”，大约是押韵之故。

末句“百尺游丝千里梦，无限凄迷”，“游丝”是飘荡的蛛丝，比喻意象就是心思，比如李商隐“几时心绪浑无事，得及游丝百尺长”。游丝长，就是心绪无聊；游丝乱，就是心绪乱。

那么在此，心绪的无聊纷乱，又是何为？答案就在“千里梦”里——思念远人。思而不得，无限凄迷。结句“无限凄迷”与发端之“心字全非”相呼应，通篇情景浑融，凄迷动人。

浪淘沙

夜雨做成秋，恰上心头①。教他珍重护风流。端的②为谁添病也，更为谁羞？

密意未曾休，密愿难酬。珠帘四卷③月当楼。暗忆欢期真似梦，梦也须留。

赏析

与秋雨有约的女子，在这萧瑟时节，你是为了谁害了那相思之病，又是为了谁而红晕满颊？

相爱的时候，满天的星，颗颗都是永远的春花；遍地的花影，簇簇都是永远的秋月。

可厮守一生的心愿，却遥如高楼缥缈的歌声。月光下，参差的往昔情事，暗忆如流水。你的寂寞，你的美。蝶飞如梦，梦飞如蝶。

点评

这首词描写一个思念情人的女子，以该女子的口吻诉说自己的心事。笔势灵动，自然流美。首二句谓夜雨过后，天气乍凉，带来秋意，引起人心中的愁思。

---

①夜雨二句：“秋”上“心”头，为“愁”字。②端的：究竟、到底。③珠帘四卷：谓楼阁四面的珠帘卷起。

“夜雨做成秋，恰上心头”，脱胎于宋吴文英《唐多令》词“何处合成愁，离人心上秋”。“心”字上面加“秋”字，成为“愁”字，是汉语特有的文字结构手法，又近于字谜游戏。然而在词意的表达上，似乎是信手拈来，涉笔成趣，毫无造作之嫌，且紧扣主题秋思离愁。

“教他珍重护风流”，“他”指夜雨，意谓希望夜雨能好好地保护人间的美好事物，不要给人带来烦忧。那词人为何会有此语？——因为她已染病憔悴，不能再经风着雨。

“端的为谁添病也，更为谁羞？”此二句写自己目前之心情，用“为谁”提问，其实自己心里明白。如果直接道出，就如元稹《会真记》里崔莺莺诗：“不为旁人羞不起，为郎憔悴却羞郎”，谓不是为了旁人，就是为了你，我才一身憔悴一身病，羞于相见呀！

下阕，“密意未曾休，密愿难酬”，慨叹自己的情意尚未了结，心中的愿望又难以实现，唯有在夜雨过后，皓月当空之时，卷起帘子，对月沉思。“珠帘四卷月当楼”，化用杜牧《怀钟陵旧游四首》“一声明月采莲女，四面朱楼卷画帘”，插入“珠帘”“月”“楼”之景语，使词意变得比较舒徐，有顿挫。

最后二句写对往日的回忆。“暗忆欢期真似梦，梦也须留。”此时想起过去的恩爱，恍如南柯一梦。但即使是梦，也值得珍惜。一片痴情，怨而不怒，深得诗教温柔敦厚之旨。

浪淘沙

野宿近荒城，砧杵[1]无声。月低霜重莫闲行，过尽征鸿书未寄，梦又难凭。

身世等浮萍，病为愁成。寒宵一片枕前冰[2]，料得绮窗[3]孤睡觉，一倍关情[4]。

赏析

十年踪迹十年心。如今，身在荒城。眉间心上，无计相回避的思念，如影随形。

寸寸柔肠，盈盈粉泪，你焉能不知生如浮萍，愁多成病？奈何青鸟不传云外信，家乡的断肠花开也未？此刻的她，独自睡去，寂寞吗？

想了一生，念了一生，痴了一生的那个女子，仍然是烙在你胸口的最深的伤痕。

点评

此为塞上思闺之作，抒发对妻子的相思相念之情。

---

①砧杵：捣衣石和棒槌。亦指捣衣。②寒宵句：谓寒夜无眠，枕边一片冰冷凄清。③绮窗：饰有彩色雕画之窗，代指闺人、思妇。④一倍关情：更加倍地牵动情怀了。

上阕由描述野宿孤寂入手。“野宿近荒城，砧杵无声”，词人在野外过夜，靠近一座萧然荒凉的古城，因远离故园，所以听不见砧杵声声。“砧杵”，是捣制寒衣用的垫石和棒槌。这里指捣衣时砧杵相击发出的声音。

在古诗词中，砧杵常用以代指闺中人为征人制寒衣，故砧杵之声寓有思妇之怨，或寓有征人思妇之意。如乐府诗《子夜四时歌·秋歌》：“佳人理寒服，万结砧杵劳。”韦应物《登楼寄王卿》：“数家砧杵秋山下，一郡荆榛寒雨中。”

此处，词人因寄身塞外，宿于荒城，远离住家，所以言“砧杵无声”。但“此处无声胜有声”，砧声虽无，思家之心却有。所以，词人紧接着说“月低霜重莫闲行”，意谓寒月低沉，霜露渐重，切莫独自悄然缓行。“莫闲行”不是说“不闲行”，而是说因思家难耐出来闲步后发现“月低霜重”，已倍添闺愁，所以就告诫自己不要再“闲行”了。

“过尽征鸿书未寄，梦又难凭。”歇拍前一句化用宋赵闻礼《鱼游春水》“过尽征鸿知几许，不寄萧娘书一纸”，谓好久未有收到家中妻子的来信；后一句翻用唐毛文锡《更漏子》“人不见，梦难凭，红纱一点灯”，谓音讯不见，想索之于梦以求慰藉，但是梦又难以依靠。“梦又难凭”，一“又”字，顿显沉吟至此的无限怅惘之情。

下阕推开去写身世之感。“身世等浮萍，病为愁成。”身世，指人的经历和遭遇。南朝鲍照《游思赋》：“抚身事而识苦，念亲爱而知乐。”

此句系用与韦庄《东吴生相遇》：“十年身事各如萍，白首相逢泪满缨”，用随风漂泊的水上浮萍，刻画了自己多年来随波逐浪、流离失所的身世和此刻的凄清孤独、愁苦成病。

容若毕竟是至情至性之男子，并非一味地自遣幽怨愁苦，而是想到自己身为一堂堂男子，如今都被别离所伤，“病为愁成”，那家中娇弱的妻子又何以堪？她一定是寒夜无眠，清晨起来，枕边泪水也凝成寒冰，而一想到她独自绮窗孤眠，他的满腔柔情就更加倍地牵惹起来。

“寒宵一片枕前冰，料得绮窗孤睡觉，一倍关情”，这后三句转为从对方写来，料想此时闺中的妻子更会伤情动感，这就加倍地表达出相思的恨怨之情。

于中好

别绪如丝睡不成，那堪孤枕梦边城。因听紫塞[①]三更雨，却忆红楼半夜灯。

书郑重[②]，恨分明，天将愁味酿多情。起来呵手封题处[③]，偏到鸳鸯两字冰。

赏析

人间销魂是离别。

冬天的边城，形单影只的你，没有月夜一帘幽梦，没有春风十里柔情。只有，被离别的刀锋划伤的伤痕。

窗外，塞上的冷雨萧萧。远在家中的她，可是孤灯痴痴地想你?

书已成，却是那么的沉重。你已厌倦漂泊，甚至思念，都已不是一杯对饮的酒。

今夜好冷，你的双唇已经冻僵，再也不能以吻封缄。天水一方，相见遥遥，一寸柔肠情几许?

---

① 紫塞：边塞。②书郑重两句：唐李商隐《无题》诗："锦长书郑重，眉细恨分明。"③呵手：天寒时呵气暖手。封题处：书札的封口签押处。

点评

此篇所写，仍是思念。词人出使塞上而依然魂牵梦萦着闺人，他对妻子的爱可谓刻骨铭心了。

首句“别绪如丝睡不成”，化自梅尧臣“别绪如丝乱”，别后情怀最难堪，寤寐思服，辗转反侧，但这还不算最难过。最难过的是“那堪孤枕梦边城”，孤零零地躺着，在“梦边城”。此处“梦边城”，殊为难解，按照常规的句法，这应该是说“梦见边城”，但联系后文，这里却应该是“梦于边城”。容若此刻正在边塞公干，孤枕难眠。

“因听紫塞三更雨，却忆红楼半夜灯。”“紫塞”，即边塞，语出鲍照《芜城赋》：“北走紫塞雁门。”紫塞原本应该实有其地，就在雁门关附近，但后来便被诗人们用来泛指边塞了。“红楼”，指华美的楼阁，如苏轼《水龙吟》：“小舟横截春江，卧看翠壁红楼起。”这里代指家中的楼阁。这两句谓沉沉寒夜里，听着边塞的雨声，不知为何，心却回到了家乡，回到了妻子的红楼，看着楼上白色的窗帘微微透出浅黄的灯光。夜深了，她还没睡，她一定也在想念我吧？

下阕“书郑重，恨分明”，化用李商隐“锦长书郑重，眉细恨分明”。李商隐的原诗是一首《无题》：“照梁初有情，出水旧知名。裙衩芙蓉小，钗茸翡翠轻。锦长书郑重，眉细恨分明。莫近弹棋局，中心最不平。”这首诗的背景是李商隐新婚不久之后，在仕宦旅途上遭遇了不公正的待遇。诗的前四句是描写妻子王氏之美，后四句很传神地写出了妻子对自己的深切关心以及为自己所遭受的不公的愤愤不平。

容若截取“书郑重”“恨分明”二语，语义有些让人迷惑，大概容若是要把我们引向李商隐的原诗也说不定。至于引到李商隐原诗的哪一步，甚为难说，也许只是引到“妻子对丈夫的关切和命运与共”这一层；也许容若仅仅是断章取义，是说自己正在给她写信，写得郑重其事，相思之恨也甚是分明；也许这个“书”是指自己收到的书，“恨”是指书信里的恨；也许，还有更深的什么含义……但无论如何，这又属于“如鱼饮水，冷暖自知”的事了。

接下来“天将愁味酿多情”，真是无限多情的一笔，把“愁”和“多情”用“天”关联了起来，是说“愁”和“多情”就是天生的一对。我愁绪萦怀，因为我对你多情；我对你多情，所以愁丝如织。一个“酿”字，更显匠心。

“起来呵手封题处，偏到鸳鸯两字冰”，以一个小细节、小动作作为收尾，愈显巧妙。封题，是古代书札封口处的签押。容若辗转反侧，终于还是按捺不住思念，起来写信，写好后，因为天冷，所以呵着手给信笺签押，偏偏签押到鸳鸯两字的时候毛笔的笔尖被冻住了。“偏到鸳鸯两字冰”从字面看，可以存在好几种解释，至于“鸳鸯”，明显比较奇怪：在书信封口上签押，为何要签“鸳鸯”两个字呢？——也许有什么特殊讲究，也许这只是寄信人和收信人的名字吧？那个“冰”字，可以理解为手，可以理解为毛笔，字面上都讲得通，但真正“冰”的那个应该是心才对。

于中好 送梁汾[①]南还，为题小影

握手西风泪不干，年来多在别离间[②]。遥知独听灯前雨，转忆同看雪后山。

凭寄语，劝加餐。桂花时节约重还。分明小像沉香缕，一片伤心欲画难[③]。

赏析

茫茫尘世，谁是知己？离别的伤感都如出一辙。握紧你的手，泪在风中干了又湿。因离别，情更重。朋友间的亲切，朋友间的关心，尽在琐碎的杂事中。无语的浓烈的感情，在彼此心底游动。唯有你最懂。丹青在右，你在左，描得了外在的形体，描不了知己的情感。

一片伤心画不成，是写给我最爱的红颜；一片伤心欲画难，是写给你的，我最好的朋友。

点评

这是一篇送别之作，送的是顾贞观。当时，顾贞观正在京城，

---

① 梁汾：作者的好友顾贞观。②年来句：从康熙十五年到二十年之间，梁汾于十七年初曾南回，词人亦多次扈驾到昌平、霸州、巩华、遵化、雄县等地巡幸。③“一片”句：唐高蟾《金陵晚望》诗：“世间无限丹青手，一片伤心画不成。”

逢母丧欲南归，容若欲留不得，更想到和顾贞观虽然心心相印，却聚少离多，此番又将长别，愈发难舍。

“握手西风泪不干，年来多在别离间”，这两句既是因果，也是递进，知心人难得聚首，陌路人天天面对，这样的日子确实难过。“遥知独听灯前雨，转忆同看雪后山”，这两句转而描述具体场景，前一句是虚拟未来，后一句是回忆过去——我在京城，遥想你独对孤灯，凄凉听雨，忽然回想起当初我们一同雪后看山的快乐日子。

“凭寄语，劝加餐”，下阕转折，从伤感转为关切，这句化自王彦泓“欲寄语，加餐饭。难嘱咐，鱼和雁”。加餐饭是个非常朴素的说法，就是劝人多吃饭，这种词汇真是汉魏风格，未经雕琢，质朴感人。

“桂花时节约重还”，这是容若与顾贞观相约，要顾贞观在桂花开放的时候重回北京。最后两句“分明小像沉香缕，一片伤心欲画难”，小像即人物肖像，切题“送梁汾南还，为题小影”，这句是说梁汾的小像在缕缕沉香的轻烟里历历可见。“一片伤心欲画难”，化自唐代高蟾诗“一片伤心画不成”。高蟾这首诗，题为《金陵晚望》，是在晚上来眺望金陵这座六朝金粉地，兴起沧桑兴废之慨叹：“曾伴浮云归晚翠，犹陪落日泛秋声。世间无限丹青手，一片伤心画不成。”是说金陵之地，风景可以画得出，但历史的苍凉兴废任再好的丹青国手也是画不出的。容若借境高蟾诗，也是说梁汾形容固然可画，但那伤情却难画。

木兰花令 拟古决绝词柬友[①]

人生若只如初见，何事秋风悲画扇[②]。等闲变却故人心[③]，却道故心人易变。

骊山语罢清宵半[④]，泪雨霖铃终不怨[⑤]。何如薄幸锦衣郎，比翼连枝当日愿[⑥]。

赏析

初见惊艳，再见依然。这也许只是一种美好的愿望。蓦然回首，曾经沧海。只怕早已换了人间。所以你说，人生若只如初见？

是的，人生若只如初见，所有往事都化为红尘一笑，只留下初见时的惊艳、倾情。忘却也许有过的背叛、伤怀、无奈和悲痛。这是何等美妙的人生境界。

正如，君子之交淡如水。正如，相濡以沫，不如相忘于江湖。

---

①古决绝词：古诗《白头吟》："闻君有两意，故来相决绝。"唐元稹已有《古决绝词》三首，所以本副题有"拟"字。决绝，断绝交情，永不再见。柬友：即以男女情事的手法告之朋友，与其绝交。②何事句：此用汉班婕妤被弃典故。班婕妤为汉成帝妃，被赵飞燕谗害，退居冷宫，作《怨歌行》诗，以秋扇为喻抒发遭弃的怨情。③等闲：轻易地，平平常常。故人：情人。④骊山句：《太真外传》载，唐明皇与杨玉环曾于七月七日夜，在骊山华清宫长生殿里盟誓，愿世世为夫妻。⑤泪雨句：唐郑处诲《明皇杂录》载，唐明皇奔蜀途中夜雨闻铃声，伤悼刚死去的贵妃，遂作《雨霖铃》曲以寄哀思。⑥何如二句：薄幸，薄情。锦衣郎，指唐明皇。此二句谓其当年虽有比翼连枝之誓言，而终于薄情。

正如，有情不必终老，暗香浮动恰好，无情未必就是决绝，我只要你记着：初见时彼此的微笑……

点评

这首词，看似明白如话，实则用典绵密。

“人生若只如初见，何事秋风悲画扇”，秋风画扇，是诗词当中的一个意象符号——扇子夏用，迨至秋风起了，扇子又该如何呢？汉成帝时，班婕妤受到冷落，凄凉境下以团扇自喻，写下了一首《怨歌行》：“新裂齐纨素，皎洁如霜雪。裁成合欢扇，团团似明月。出入君怀袖，动摇微风发。常恐秋节至，凉飙夺炎热。弃捐箧笥中，恩情中道绝。”

扇子材质精良，如霜似雪，形如满月，兼具皎洁与团圆两重意象，“出入君怀袖”自是形影不离，但秋天终会到来，等秋风一起，扇子再好也要被捐弃一边。——这就是秋风画扇的典之所出。“人生若只如初见，何事秋风悲画扇”，人之与人，若始终只如初见时的美好，就如同团扇始终都如初夏时刚刚拿在手里的那一刻，该是多好？

下面两句“等闲变却故人心，却道故心人易变”，看似通俗易懂，如叨家常，其实也是用典，出处就在谢朓的《同王主簿怨情》：“掖庭聘绝国，长门失欢宴。相逢咏荼蘼，辞宠悲团扇。花丛乱数蝶，风帘入双燕。徒使春带赊，坐惜红颜变。平生一顾重，宿昔千金贱。故人心尚永，故心人不见。”谢这首诗，也是借闺怨来抒怀的，最后两句“故人心尚永，故心人不见”，正是容若“等闲变却故人心，却道故心人易变”一语之所本。意思大约可解为：你这位故人轻易地就变了心，却反而说我变得太快了。

下阕继续用典，“骊山语罢清宵半，泪雨霖铃终不怨”，这是唐明皇和杨贵妃的故事。“七月七日长生殿，夜半无人私语时”，此长生殿就在骊山华清宫，这便是“骊山语罢清宵半”，后来马嵬坡事过，唐明皇入蜀，正值雨季，唐明皇夜晚于栈道雨中闻铃，百感交集，依此音作《雨霖铃》的曲调以寄托幽思。

“何如薄幸锦衣郎，比翼连枝当日愿”，这里的“薄幸锦衣郎”仍指唐明皇，“比翼连枝当日愿”则是唐明皇和杨贵妃在长生殿约誓时说的“在天愿作比翼鸟，在地愿为连理枝”。此处容若的意思应该是：虽然故人变了心，往日难再，但无论如何，过去也是有过一段交情的。——以过去的山盟海誓对比现在的故人变心，似有痛楚，似有责备。

这首词，若作情事解，则看似写得浅白直露；若依词题解，实则温婉含蓄，怨而不怒，正是“君子绝交，不出恶声”的士人之风。但我们始终无法说清容若的这首词到底是真有本事，还是泛泛而谈。也许这是他一位故友的绝交词，也许只是泛泛而论交友之道，皆很难说。

虞美人

春情只到梨花薄[①]，片片催零落。夕阳何事近黄昏，不道[②]人间犹有未招魂。

银笺[③]别梦当时句。密绾同心苣[④]。为伊判作[⑤]梦中人，长向画图清夜唤真真[⑥]。

赏析

你一伸手就触到故去的我。秀眉微蹙，似笑非笑。多么近。贴紧心、贴紧魂的近。来，把手交给我，并请一遍遍呼唤我……

桃花开后该是梨花了。花香郁郁的夜。本该是谁的青丝枕了翡翠衾，本该是谁的胭脂染了芙蓉帐，本该是谁的红袖添了香。但没有，没有。

我在画里，看画外的你，枕角孤馆，迷离醉影，一穗灯花残。今夜不必独酌独醉，独唱独卧。我带着你，从画中来。

身前是烟尘缭乱的尘世，身后是亘古不变的蛮荒。进一步是三生石，退一步是奈何桥。来，我握紧你的手，该忘记的都忘掉。该记住的，你要记得牢牢。记住这韶光永夜，抵死温存。我与你。

---

①梨花薄：谓梨花丛密之处。薄，指草木丛生之处。②不道：犹不管、不顾。③银笺：白色的笺纸。④绾：缠绕。同心苣：象征爱情的同心结。⑤判作：甘愿作。⑥真真：女子的代称。此处借指所思之情人或妻子。

来，把你给我。任谁也无法看见。任谁也无法拘管。在梦想与真实的交界，我，与你缠绵。

点评

这首词以春到梨花，又风吹花落之兴写对亡妻的刻骨相思。

上阕侧重写景。起首两句，“春情只到梨花薄，片片催零落”。“薄”，指草木丛生之处。语出《楚辞·九章·思美人》中的“揽大薄之芳茝兮，搴长洲之宿莽。”《淮南子·俶真训》也有“鸟飞千仞之上，兽走丛薄之中”之句。“梨花薄”，即梨花密集之处。

“春情”这两句，并非是说梨花因为春光消退而凋残变薄，而是说春到梨花盛开，来不及欢喜就风吹花落。以春光比喻相处的美好时光，用凋谢梨花来指代心中的爱人，不写悼亡而流露悼亡之伤，感情抒发自然而清丽。

“夕阳何事近黄昏，不道人间犹有未招魂。”“夕阳”一句，显然是反用李商隐《乐游原》“夕阳无限好，只是近黄昏”，意谓“无限好”的夕阳为什么偏偏出现在黄昏呢？容若此问，似是无理至极，因为日出日落，乃自然之规律，并不是人能决定的。那容若为何有此怪诞一问呢？且看后一句：“不道人间犹有未招魂”。此句一出，则一切皆明。在容若看来，夕阳之景是无边无际、灿烂辉煌的，然而这种硕硕之美却出现在黄昏，很快就会消失，没于无边的黑暗之中。夕阳虽有“无限美”，但又是如此的无情，此时此刻，我还未来得及给亡妻招魂，它就要落了，真是毫不为人计啊！“夕阳何事近黄昏”，语似无理，然而词中的无理之语，却是至情之语。其相思之痛苦，自是不言而喻了。

下阕写追忆之怀。前二句承上阕意脉勾画当日的浓情蜜意。“银笺别梦当时句，密绾同心苣。”遥想当时，那素白的信纸，纸上那些缠绵的字句，都在我的梦里历历在目，那时我们密结同心，多么恩爱呀！“别梦”，指离别后思念之梦。“同心苣”，指织有同心苣状图案的同心结，古人常以之象征爱情。苣，即衣带。“同心苣”，同“罗带同心”，“同心”都是古人表达相思的常用符号。如晏小山的“罗带同心闲结遍，带易成双，人恨成双晚”；温飞卿的“垂翠幕，结同心，待郎熏绣衾”；牛峤的“窗寒天欲曙，犹结同心苣”，俱是此中极品。

“为伊判作梦中人，长向画图清夜唤真真。”结句则化实为虚，写想象中的情景。前一句较好理解，意谓为了她（亡妻），自己甘愿长梦不复醒，在梦中与她一生相会。后一句则用唐代赵颜的典故，表达痴情心愿。

唐朝有一进士，名为赵颜，某日在一个画师那看到一张美女图。赵颜恋上画中女子的美艳，便问画师是何许人，画师告诉他只要每天呼画中美女为真真，不分白天黑夜，连呼百天，真真就会答应，这时让她服下百家彩灰酒便可让其复活。赵颜遵循画师的指点，果然得到了真真。然而几年之后，赵颜听信谗言，给妻子喝了符水。真真遂将以前喝下的百家彩灰酒呕出，流着泪对赵颜说：“妾本地仙，感君至诚才与你结为夫妻，今夫君既已对我见疑，再留下也没有意思，我将带着两个孩子回去，不会让他们给你增添烦恼。”说完，拉着两个孩子朝画屏走去，赵颜大惊，拉也拉不住，再看画屏上，真真已换了愁容，双眼泪盈，身边赫然多了一双儿女。赵颜后悔也为时已晚。他再像从前一样声声长唤，真真和一双儿女却是千唤不回头。

“长向画图清夜唤真真”，容若此句究竟何意？是渴望着能美梦成真，幻想着像传奇故事中那样，只要长唤不歇，伊人就会从画图上走下来和自己重聚？还是谓自己也像赵颜那样因辜负了妻子，而后悔不迭，遂日夜呼唤她，希望得到她的谅解？但不管如何，容若宁愿一遍遍沉湎于梦境，这就真实地体现了他的痴情和忠贞，而这种真实正是悼亡之作最珍贵和最感人的地方。

虞美人 为梁汾赋

凭君料理花间课[①]，莫负当初我。眼看鸡犬上天梯[②]，黄九自招秦七共泥犁[③]。

瘦狂那似痴肥好[④]，判任[⑤]痴肥笑。笑他多病与长贫，不及诸公衮衮向风尘[⑥]。

赏析

顾子，你曾言：人人争唱饮水词，纳兰心事有谁知。君言此，表君知。初相识，你玉树临风立于我面前，我知道，我生命中的知己来到了。

只有在你面前，我才完全是我自己，我的人前尊耀，背后落魄，我所有的心不甘情不愿在你面前可以尽情展现。细细想来，那些江南俊杰们，严绳孙、朱彝尊、陈维崧、吴汉槎等不肯为朝廷折腰，却愿意和我这奸相之子、皇帝近侍亲近，皆因有你。一生诗文交与你，知君不负当初我，终结成为《饮水词》。

---

①料理：本为指点、指教。此处为辑集。课，指词作。花间，词人以后蜀赵崇祚编的《花间集》比喻自己的词作。②天梯：道教中所说的登天的云梯。鸡犬上天梯，即一人得道，鸡犬升天之意。③黄九：北宋诗人黄庭坚，因排行第九，故云。秦七：北宋词人秦观，因排行第七，故云。此借指词人与顾贞观。④瘦狂、痴肥：比喻官场失意者与得意者。作者以瘦狂自喻，而以痴肥比喻那些脑满肠肥的人。⑤判任：一任、任凭。⑥诸公：此指仕进得意、占据险要地位者。衮衮：谓络绎不绝。风尘：指仕途、官场。

真的是这样：霸业等闲休，跃马横戈总白头。莫把韶华轻换了，封侯。多少英雄只废丘。来、来、来，顾子，牵你手共走江湖。金裘花马换美酒，与君同销万古愁。

点评

词题“为梁汾赋”，梁汾即顾贞观，为容若的第一知音。这首词当写于容若与顾贞观结交的初期，事由是：容若委托顾贞观把自己的词作结集出版。对于古代文人而言，为人辑集庶几等同于托妻寄子，是把自己的全部心血托付出去。这等事情容若若要托付出去，舍顾贞观之外再无旁的人选。而此篇也正可以看作是二人同怀同道的率真写照。

“凭君料理花间课，莫负当初我”，容若这是叮嘱顾贞观：我的词集选编出版之事全权委托你了，切莫辜负当初我将你引为知己的本意啊。此处容若用“花间课”，并非说他的词风效法《花间集》，只不过是以之代指自己的词作罢了。事实上，容若的词风和词学主张都是远远超出花间的。花间一脉是词的源头，属于“艳科”，花间之美在于“情趣”，而非“情怀”。而容若的词学主张，虽是从花间传统而来的，仍然提倡“情趣”，但同时主张性灵，主张填词要独出机杼、抒写性情。也就是说，这是处在情趣和情怀之间的一个点，是为性情。所以，为容若所推崇的前辈词人，既非温、韦，也非苏、辛，而是秦七、黄九。这便是下一句里的“眼看鸡犬上天梯，黄九自招秦七共泥犁”。

“鸡犬上天梯”，此是淮南王刘安“鸡犬升天”的典故，谓刘安修仙炼药，终有所成，一家人全都升天而去，就连家里的鸡犬也因沾了一点药粉而跟着一起升天了。这句是说眼看小人入仕朝廷，登上高位。“黄九自招秦七共泥犁。”秦七，即秦观；黄九，即黄庭坚。秦七婉约，黄九绮艳，故而并称。泥犁，本指地狱，此处用黄庭坚事典：黄庭坚年轻时喜好填词，格调绮艳温婉，人争而传之。当时，有一关西和尚，名叫法云，斥责黄庭坚，说他作的黄色小调，撩拨世人淫念，罪过太大，将来要堕入地狱的。此处，秦七和黄九显然就是容若和顾贞观的自况，而容若用这个典故，也是说：我们不求富贵显达，只耽于填自己的艳丽小词，你们那些鸡犬尽管升天好了，我们即使下地狱也不后悔！

下阕，“瘦狂那似痴肥好，判任痴肥笑”，瘦狂和痴肥是南朝沈昭略的典故。沈昭略为人旷达不羁，好饮酒使气，有一次遇到王约，张目视之：“你就是王约吗？为何又痴又肥？”王约当下反唇相讥道：“你就是沈昭略吗？为何又瘦又狂？”沈昭略哈哈大笑道：“瘦比肥好，狂比痴好！”容若用这个典故，是断章取义式的用法，与顾贞观自况瘦狂，把对立面比作痴肥，表面是说你们痴肥尽管笑话我们瘦狂，我们既然不如你们，那就随便你们怎么笑吧！但是实际上却是说：你们这些痴肥满脑肥肠，无所用心，也配笑话我们？此时的容若，哪里是一个多情种子，分明是一位狂放豪侠嘛！

末句“笑他多病与长贫，不及诸公衮衮向风尘”，“笑”字上承“判任痴肥笑”——痴肥们所笑为何？笑的是我们的多病与长贫。这里，多病与长贫实有所指，多病的是容若，长贫的是顾贞观，两个人放在一起，遂为贫病交加。容若最后语带反讽，谓我和顾贞观一病一贫、一狂一瘦，实在比不上你们各位痴肥风风光光地兖兖向风尘呀。“举世皆誉而不加劝，举世皆非而不加沮。”我走我路，任人评说。这是一个“德也狂生耳”的旷达形象，也是一个绝世才子的风流自赏。

南乡子

飞絮晚悠飏，斜日波纹映画梁[①]。刺绣女儿楼上立，柔肠。爱看晴丝[②]百尺长。

风定却闻香。吹落残红[③]在绣床。休堕玉钗惊比翼[④]，双双。共唼[⑤]苹花绿满塘。

赏析

黄昏，夕阳揉进了水中。湖水泛起柔柔的波。刺绣女儿默默地站在小楼上，轻轻地抬头，看着惊鸿掠过后渐远的影子。痴痴的，傻傻的，许久，许久，低头时已是，一寸柔肠情几许。

徐徐的风停了。她的眼眸明净清亮，略带忧伤。轻拈一瓣落花，翦翦双眸，对花频语，多少愁，多少怨，多少思，多少盼……

点评

“飞絮晚悠飏，斜日波纹映画梁。”起首二句勾勒了一幅清新明亮的水墨画卷：傍晚时候，柳絮飘飞，落日余晖斜射，将天地染成一片暖融融的橘红色；湖水泛起幽波，缓缓将倒影打散了，

---

①“飞絮”二句：悠飏，飘飞。画梁，饰有彩画的屋梁。②晴丝：指虫类所吐的丝，或指空中的游丝。游丝参见《浪淘沙》（紫玉拨寒灰）注④。③残红：败落的花瓣。④比翼：鸳鸯。⑤唼：水鸟或鱼吃食。

又合拢，波光眼影中掩映着那饰有彩画的屋梁画梁。

“刺绣女儿楼上立”，这句以特写镜头将“刺绣女儿”推出：小楼也映在橘色的水中，波纹摇荡，点点闪烁落日的金色光芒，整座楼都好像微微晃动起来，衬得那默立在小楼上的女子，更是身姿摇曳，飘飘宛若水中的凌波仙子。

“爱看晴丝百尺长”，“晴丝”也即“游丝”，指飘荡的蛛丝。飘荡的蛛丝能有多长？最多不过三五尺吧，但容若却说“晴丝百尺长”——这并非词人违反常识，因为在诗词里，“晴丝”和“百尺”基本是一个固定搭配，比如唐李商隐《日日》诗：“几时心绪浑无事，得及游丝百尺长。”

下阕，“风定却闻香，吹落残红在绣床。”风渐渐止了，阵阵淡淡香味却传了过来，少女目光轻转，绣床已铺满一层细细的花瓣，香气袭人。“残红”即落花，也是古诗词里常用的一个意象，诗人们大都将其与明媚春光、美好韶华、爱情相思等相联系。这在宋词里俯拾皆是，比如张先的“惜春更把残红折”，苏轼的“携手佳人，和泪折残红”，周邦彦的“雨过残红湿未飞，疏篱一带透斜晖”，陆游的“鸠雨催成新绿，燕泥收尽残红”，简直不胜枚举。此处，“吹落残红在绣床”一句，隐隐地写出了少女孤寂的春怀。这可从下句的“休堕”“比翼”“双双”“共唼”等语涉相思之词看出。“休堕玉钗惊比翼，双双。共唼苹花绿满塘。”结尾三句是说少女的娇媚的自言自语、自我告诫，意思是说你不要把玉钗丢在地上，那样会吓走比翼双栖的鸳鸯，你再看看碧绿的池塘，成双成对的水鸟、鱼儿正吞食着、吮吸着满塘绿色的浮萍……显然，词人是用小心“休堕玉钗”的细节、怕“惊比翼”和观“共唼苹花”的心理，反衬出她的略显寂寂的怀春之情，从而使少女思春的形象鲜活灵动，美妙传神。

南乡子 捣衣[①]

鸳瓦已新霜[②]，欲寄寒衣转自伤。见说[③]征夫容易瘦，端相[④]。梦里回时仔细量。

支枕[⑤]怯空房，且拭清砧[⑥]就月光。已是深秋兼独夜，凄凉。月到西南更断肠。

赏析

长安一片月，万户捣衣声。秋风吹不尽，总是玉关情。又到秋风乍起，又是寒叶萧瑟。

空房自伤的闺中女子，又开始月下捣衣，为夫君重新浣洗和裁剪过冬的寒衣。一砧一杵，一思一念。梦中爱人消损的容颜，一直栖息在她心头最柔软的地方。

寒衣兼明月，千里寄相思。相思也难寄，夜夜成断肠。

点评

“鸳瓦已新霜”，因为古时捣衣，多于秋夜进行，所以词作

---

①捣衣：古代服饰民俗。即妇女把织好的布帛，铺在平滑的砧板上，用木棒敲平，以求柔软熨帖，好裁制衣服，称为“捣衣”。又，妇女洗衣时以杵击衣，使其洁净，也称“捣衣”。②鸳瓦：即鸳鸯瓦。③见说：听说、闻说。④端相：仔细看。⑤支枕：将枕头竖起、倚靠。⑥砧：即捣衣石。

首句即点明时令。“欲寄寒衣转自伤”，屋内孤灯下，她对着准备为他寄去的寒衣暗自心伤。此处，“欲”“转”二字颇值得留意。“欲”是做好衣服，将寄未寄；而“转”说明先前心情并非“自伤”，但是一想到寄给丈夫寒衣就感到伤心。

“见说征夫容易瘦，端相”，唯恐玉郎憔悴：都说戍边在外的人受尽苦寒，相貌容易消瘦，真想再好好地看他一眼啊。然而细细端详还不够，“梦里回时仔细量”，还想在夜梦中与他相遇，执手相望。

“支枕怯空房，且拭清砧就月光。”然而她并没有入梦，因为寒衾孤单，空房寂寞。既然夜不能寐，而牵挂之心又盈盈于怀，所以只有趁着月光再为他缝制一件秋衣。而此时“已是深秋兼独夜”，秋寒意重，孤单夜长，所以月下捣衣，一砧一杵，一思一念，无不透着牵挂，无不透着哀怨，无不透着凄凉。

末句，“月到西南更断肠”。蓦然回首，发现斜月沉沉，挂在西南方向，想着天下多少有情人早已相拥而眠，不由得更加让我欲断肠！

此之结句情景并茂，其幽怨之情，自是承接前面的“自伤”“怯空房”“凄凉”层层写来的，所以情致幽婉，情调凄绝。全词犹如一曲秋夜箫声，呜咽婉转，的确是一篇“断肠”之作。

临江仙 永平道中[1]

独客单衾谁念我，晓来凉雨飕飕。缄书[2]欲寄又还休。个侬[3]憔悴，禁得更添愁。

曾记年年三月病，而今病向深秋。卢龙[4]风景白人头。药炉烟里，支枕[5]听河流。

赏析

行在羁旅的男子，思念更如春草，渐行渐远还生。家中的她，还好吗？

一纸憔悴寄相思？又怕她知晓自己瘦损的容颜，为我担忧为我愁。这么多年了。年年伤春，年年病在深秋。

他脸上沧桑更浓，不再是那个动辄一声弹指泪如丝的少年公子了。甚至没有皱眉，他只是眼眸忧郁，神色忧伤地靠在那里。在药炉烟里，支枕听河流。

点评

这篇《临江仙》作于永平道中，永平是指清代的永平府，其

---

①永平：清代永平府，在今山海关一带，纳兰护驾巡游关外，此为必经之地。②缄书：将信札封口。③个侬：那人，此指家中妻子。④卢龙：明清时为永平府府治所在地。⑤支枕：将枕头竖起、倚靠。

故境在今河北省东北部陡河以东，长城以南的地区，是出关通辽东的必由之路，由此可知容若作此词时是初登征程后不久。起首二句写自己孤眠独卧的寂寞。因为身在永平道中，在山海关一带，所以言“客”；因为远离故园而无妻子好友相伴，所以言“独”。合在一起，“独客”就道出了羁旅孤独的心理感受。

“缄书欲寄又还休，个侬憔悴，禁得更添愁。”接下来三句写家书作毕，欲寄还休的矛盾心理：写好了书信又犹豫，家中娇妻因为自己外出而担忧、憔悴，如若收到我生病的家书，必愁上添愁，身体娇弱的她，如何经受得住呢?

“曾记年年三月病，而今病向深秋”，下阕进一步写乡关客愁的难耐，思念闺阁中人心情的难解。“年年三月病”，不是说词人年年三月都会生一场大病，而是化用韩偓《春尽日》诗：“把酒送春惆怅在，年年三月病恹恹。”说自己年年三月都会伤春，都会因春愁忧思成疾；如今远在塞外，不见闺中人，只有以恹恹病躯独向深秋，谙尽孤寂滋味。

“卢龙风景白人头，药炉烟里，支枕听河流。”结尾三句，用眼前景表达无穷无尽的愁怀。

临江仙

长记碧纱窗外语，秋风吹送归鸦。片帆从此寄天涯。一灯新睡觉[1]，思梦月初斜。

便是欲归归未得，不如燕子还家。春云春水带轻霞。画船[2]人似月，细雨落杨花。

赏析

碧纱窗外，是你的寂寞、伊人的等待。喃喃细诉的，不是风，而是零乱的心。归鸦总是随着秋风而来，这份欲归的心情，诉向谁边?

漂泊异乡，是春风，也该把故园的柳吹拂成丝了吧？是春雨，也该把故园的花润成鲜丽了吧？然而，守望的，只有一盏昏黄的灯；入梦的，也只是那斜斜的残月。

不是你这一生只爱孤寂、只爱漂泊，而是想归都不能啊。燕子寒来暑往，路途虽远，行程虽苦，总还有到家的一日，而你呢?

点评

“长记碧纱窗外语，秋风吹送归鸦。”秋风袅袅，吹送寒鸦

---

① 新睡觉：刚刚睡醒。觉：睡醒。②画船：装饰华丽，绘有彩画之游船。

归巢，而我却不得不离家奔赴王事。碧纱窗外，你我依依别话的情景，早已长铭于心，时时念及。

接下来，“片帆从此寄天涯”。“片帆”紧承“窗外语”“归鸦”而来，写自己从此羁旅天涯，漂泊他乡的孤旅之景，思归的主旨很是明显。“一灯新睡觉，思梦月初斜”是写自己在客舍的凄迷之情：刚刚睡醒，独对一灯荧荧如豆；因为天涯孤旅难耐，所以梦里也在思念故园，思念家中美妻。

“便是欲归归未得，不如燕子还家。”化用顾敻《临江仙》“何事狂夫音信断，不如梁燕犹归”，将燕子和自己作对比，颇有深意。是啊，燕子要飞便飞，来去自如，可以随时飞回旧巢，但自己王事在身，身不由己。比着比着，他不禁希望有朝一日能与心上人徜徉在春云春水之间，欣赏着烟柳画船，沐浴着杨花细雨，享受一番舒心写意的生活。

“春云春水带轻霞”，“春云春水”化用高观国《霜天晓角》“春云粉色，春水和云湿”，巧妙地表现了水天一色，云映水中的景象，而“带轻霞”三字，更为这幅旖旎风光画卷，点带了几许迷离的绚烂烟霞，使其无限迷人。在如此迷魂淫魄的春景掩映下，词人携着如花似月、皓腕凝雪的妻子，步履款款，徜徉在湖边画船，看那细雨飘若晴丝，柳絮飞如雪花，真是惬意无比，浪漫无伦。

“春云春水带轻霞。画船人似月，细雨落杨花。”最后宕出一笔，描绘想象中与伊人春光共度的情景，化虚为实，极其浪漫，这就使小词更富深情远致了。

蝶恋花

辛苦最怜天上月。一昔如环，昔昔都成玦[①]。若似月轮终皎洁，不辞冰雪为卿热[②]。

无那[③]尘缘容易绝。燕子依然，软踏帘钩说[④]。唱罢秋坟愁未歇[⑤]，春丛认取双栖蝶[⑥]。

赏析

试问情深深几许？杨柳再也堆不起沉重的烟尘。寒夜的琵琶，我把你听成了万里愁肠。记不起你的名字。宋朝的柳郎琴声吟唱，所有的宋词，都是红粉知己。你的何在？脉脉人千里，风情两处，烟水万重。我写的离愁，已有千岁，只是鸿雁在云鱼在水，此情谁寄？

爱上一个人，要用一生来忘记。回忆犹如一根银针，冷不防就刺进骨髓。你是我终身的疼痛。

---

①一昔句：昔，同“夕”，一夜。玦玉，半环形之玉，借喻不满的月亮。这句是说，一月之中，天上的月亮只有一夜是圆满的，其他的夜晚就都是有亏缺的。②不辞句：意思是不怕严寒而为你送去温暖。卿，“你”的爱称。③无那：无奈，无可奈何。④软踏句：意思是说燕子依然像过去那样，轻轻地踏在帘钩上，呢喃絮语。⑤唱罢句：意思是说哀悼过了亡灵，但是满怀愁情仍不能消解。⑥春丛句：认取，注视着。取，语助词。

点评

纳兰性德身为宫中一等侍卫，常要入值宫禁或随驾外出，所以尽管他与妻子卢氏结婚不久，伉俪情笃，但由于他的地位独特，身不由己，因此两人总是离别时多，团圆时少，夫妇二人都饱受相思的煎熬。

而今，仅仅是婚后三年，卢氏年仅二十一岁芳龄，竟然离纳兰性德而去了，这给词人留下了怎样一个无法弥补的终生痛苦与遗憾！在难以消释的痛苦中，词人让心中的爱妻逐渐化作天上一轮皎洁的明月。

这是一个凄切的梦。词人希望这个梦真的能够实现，希望妻子真的能像一轮明月，用温柔的、皎洁的月光时刻陪伴着自己。他还想：如果高处不胜寒，我一定不辞冰雪霜霰，用自己的身、自己的心，去温暖爱妻的身、爱妻的心。

但是，那终归是一场梦。尘世因缘毕竟已经断绝，令人徒唤奈何。唯有软踏帘钩的堂前燕，依然相亲相爱，呢喃絮语，仿佛在追忆这画堂深处昔日洋溢的那一段甜蜜与温馨。

蝶恋花

又到绿杨曾折处[①]。不语垂鞭，踏遍清秋路。衰草连天无意绪[②]，雁声远向萧关[③]去。

不恨天涯行役[④]苦。只恨西风，吹梦成今古。明日客程还几许，沾衣况是新寒雨。

赏析

昨夜的行程，顷刻便从春天抵达了清秋。那匹叫作忧伤的汗血马，飞驰过一路的凄凉。山高水长，你们的海誓山盟，在未及告别的古道上，已经去意彷徨。

暗夜下，倚鞍小寐。梦中，一盏青灯下读伊人的红笺，却永远看不清她的相思。而窗外盛开着一树落寞的海棠，冷冷地看你在梦中哭泣 。当天光唤醒遥远的前方，你依然是跃马扬鞭的旅人。

没有梦，没有今古，只有无尽的江山在脚下。而前路，只有驿站，你如何停住脚步?

---

①绿杨曾折处：曾经折柳赠别的地方。②无意绪：百无聊赖。③萧关：古关名，故址在今宁夏固原市东南。④行役：因服役或公务而跋涉在外。词人于康熙二十一年（1682）八月出使黑龙江梭龙，此词即作于此时。

点评

又是一篇凄凉的塞上离愁别恨之作。

“又到绿杨曾折处”，词的起句，用一“又”字，说明他离家已经不止一次了。过去离家，在这里折柳赠别；今番远出，又在这里折柳临歧。旧景重现，倍添惆怅。这一句，“又”与“曾”互相呼应，恰切地表达出词人对不断行役的愁烦情绪。

“不语垂鞭，踏遍清秋路。”词人独自离去了，他默默不语，无力地垂着马鞭，闷闷不乐的神态宛然如现。很清楚，如果容若热衷于名利，当他又一次得亲銮驾时，大概会唱出“春风得意马蹄疾”“踏花归去马蹄香”之类的句子。但是，出于对仕途的厌倦，他含愁带恨地离开了京城，陪皇帝出发。而这种无聊无赖的情绪，又竟贯穿在踏遍清秋路的过程中。一路上，词人无精打采，怅然若失，似乎是魂离躯壳。

“衰草连天无意绪”，承“清秋”而发。凉秋九月，塞外草衰，枯草连天，当是实景。但草的枯荣，是自然现象，这里说连衰草也无聊无味地伸到天边，单调索寞，这实际上是词人自己“无意绪”的反射。“无意绪”三字，是全诗之眼，整首词的描写都是围绕着这三个字展开。

放眼平芜，毫无意趣，抬头仰望，也是兴味索然。“雁声远向萧关去”，长空雁叫，远向萧关，它离开温暖的南方，这和征人步入穷荒一模一样。所以，听到雁声戛然长鸣，添愁惹恨。

下阕。“不恨天涯行役苦”，说不恨，那不过是反语，因为从全篇的意味来看，恰恰是要表现天涯行役之恨。然而词人觉得，行役之苦毕竟是有限的，如果把它与虚度光阴之苦两相比较，那么行役之苦也不算甚。容若在一首调寄《金缕曲》的词里说过：“两鬓萧萧容易白，错把韶华虚度。”他认为经年蹭蹬于山程水驿，等闲间白了少年头，才是最堪痛心疾首之事。为了强调这一点，下面便叠出“只恨西风，吹梦成今古”一句。西风，与清秋、衰草、雁声相联系。秋风起了，吹梦无踪，一瞬间便觉年华飞逝，使人有今昔云泥之叹。想到这里，词人感到这征戍的幽恨没完没了。 最后两句，“明日客程还几许，沾衣况是新寒雨”。渐行渐远，道路迢递，到明日，离愁别绪又不知要添多少？何况寒雨绵绵，沾衣惹袖，这客途秋恨，比刚刚离京时一定更浓更深了。

整首词，从折柳开始，以寒雨收束，暗用《诗经·小雅·采薇》“杨柳依依，雨雪霏霏”之诗意，真切感人，实是词中上品。

唐多令 雨夜

丝雨织红茵[1]，苔阶压绣纹，是年年、肠断黄昏。到眼芳菲都惹恨，那更说，塞垣[2]春。

萧飒不堪闻，残妆拥夜分[3]，为梨花、深掩重门。梦向金微山下去[4]，才识路，又移军。

赏析

暮雨又潇潇，点滴无聊，又将梨花瓣轻敲。梨花飘落的时候，肠断黄昏。你叹息一声，轻轻掩上了房门。

想起远方。想起远方他的春天，他的瘦损，你只能对花泣诉。“青青子衿，悠悠我心，但为君故，沉吟至今。”孤寂的夜里，你行也思君，梦也思君。奈何从此银汉路迢迢，两地煎熬，忍待何时鹊踏桥？

泪眼蒙眬中，无语叹今宵。

点评

这是一首拟闺怨词。词从雨中红花写起。“丝雨织红茵”，

---

①红茵：红色地毯，这里指一地红花。②塞垣：边境地带。③夜分：夜半。④金微山：即今之阿尔泰山。诗词中常用来泛指边塞。

霏霏的雨是细细的，所以言“丝雨”。丝雨飘飘，朦朦胧胧，落在花瓣上，像是女子用丝线编织着什么似的。这个“织”字，联想巧妙，用笔工致，直是将春雨的迷离之美写活了。“红茵”，本义是红色垫褥，此处形容红花开遍，犹如铺了红色的地毯。这是写花红。“苔阶压绣纹”，“苔阶”，是生有苔藓的石阶。“压绣纹”，是说阶上青苔苍苍，似是织物上的花纹。这是写阶绿。首二句以丝雨、红花、苔藓、石阶为抒情主人公勾勒了一个冷艳凄迷的意境，为下文的女主人公的伤心断肠，寂寞相思伏了暗线。

“是年年、肠断黄昏”，此抒情之句将首二句营造的意境在时间上进行无限延伸。“是年年”，是说红花满地、苔痕上阶的景象，黄昏悲伤的愁情，不是今年才有，而是年年如此，情意一出胸膛，便倍加深厚；语气一吐唇间，便愈益沉痛。

“到眼芳菲都惹恨，那更说，塞垣春。”花草满园，蝶飞燕舞，如斯好景，衬人哀伤心肠，本来就“惹恨”，更何况思念的人又远行塞垣，经久未归，年年春天，年年不能相携呢！一边是伤春惹起的幽恨，一边是远人不归牵出的幽怨，一经“那更说”三字的连接、强化，遂生成如潮水般的相思苦情。

下阕夜雨潇潇，再添心中之愁。“萧飒不堪闻，残妆拥夜分。”窗外是萧飒的风雨，不忍听闻；窗内是伤心的闺人，泪罢妆残。百无聊赖，万般无奈中，她只能寂寞地拥夜而坐。而这个时候，她又看见夜雨催落梨花，那片片飘零片片飞的白色梨花，让她不忍目睹，于是便掩上了层层的门，但是她心湖里那一圈圈又是怜，又是怨的痴情，早被引出。

“为梨花、深掩重门”，化用戴叔伦《春怨》诗“金鸭香消欲断魂 ，梨花春雨掩重门”，用黄昏时雨打梨花的景象，衬托了一位深怀相思之情的女子的孤寂的心态，同时又再次渲染出一种凄凉的意境、哀怨的心情。

“梦向金微山下去，才识路，又移军。”这三句写她的梦境。“金微”，即今之新疆阿尔泰山。唐贞观间以铁勒卜骨部地置金微都督府，乃以此山得名。此处词人说“金微”，非谓他真到了金微山，而是化用唐人张仲素诗典而已。张仲素《秋闺思二首》云：“碧窗斜月蔼深晖，愁听寒螿泪湿衣。梦里分明见关塞，不知何路向金微。秋天一夜静无云，断续鸿声到晓闻。欲寄征衣问消息，居延城外又移军。”此处，词人“梦向金微山下去”和“才识路，又移军”两句就是分别从张诗颔联“梦里分明见关塞，不知何路向金微”和尾联“欲寄征衣问消息，居延城外又移军”化出，意思是说在梦里她到了关塞，那关塞正是她魂牵梦萦的地方，因为她的良人就出征到那里。她不由大喜：快，去金微山下找他！可是，刚刚摸清路，他又到了别处，真叫人愁绪万端，寝食难安。如此结句，含思隽永，朦胧要妙，在全文词意上也更推进一层，谓即使相思也是所思无处，这便更增添了伤痛之苦情。

踏莎美人 清明

拾翠归迟[①]，踏青[②]期近，香笺小叠邻姬讯[③]。樱桃花谢已清明，何事绿鬟斜亸[④]、宝钗横。

浅黛双弯[⑤]，柔肠几寸，不堪更惹其他恨。晓窗窥梦有流莺，也觉个侬[⑥]憔悴、可怜生[⑦]。

赏析

喜欢一个人，真的好痛好难。

一开始是明亮的，全世界似乎都变粉红色。一切看在眼中都是美好，就算天崩地裂，只要还能看到他的微笑，那也没什么。可是渐渐就变了，向着我们所不能控制的地方滑过去。再也不会快乐了。

有时候真的是怎么也想不明白，爱情究竟是由谁来安排。苦苦追求的得不到，得到了的却弃之若敝屣。怎么就会这么不公平……

---

①拾翠：本义是拾取翠鸟的羽毛作首饰，后指女子游春。②踏青：清明前后的郊游。③香笺小叠：女子的书信。邻姬：邻家女子。讯：通“信”。④绿鬟：乌黑的头发。亸：下垂。⑤浅黛：女子画得很淡的眉毛。⑥个侬：这个人或那个人。⑦生：用在形容词词尾，无义。

点评

“踏莎美人”是顾贞观自度曲。一半《踏莎行》一半《虞美人》，合起来倒也雅致不俗。副题为“清明”。清明正是游春踏青的好时节，古代有游春的习俗，本篇即以此为题的咏节令之作。

上阕前二句说游春拾翠归来得迟了，而踏青之约日近。“拾翠归迟”，拾翠，本义是拾取翠鸟的羽毛作首饰，语出曹植《洛神赋》：“或採明珠，或拾翠羽。” 后多指女子游春。

“香笺小叠邻姬讯”，接下一句承前说邻女有约踏青。“香笺”，即信笺，大约因其出自邻家少女之手，散发着香气，所以言“香”吧。“邻姬讯”，是说收到了邻家女孩的信。那信上所写为何？“樱桃花谢已清明，何事绿鬟斜亸、宝钗横。”信上写道：樱桃花已经谢了，都到了清明，你怎么还是一幅慵懒无力的样子呢？“绿鬟斜亸、宝钗横”，写女主人公疏慵倦怠之貌：绸缎般的长发松松绾起，随意地斜着，一支钗禁不住，就要从流云一般的发间滑出来，可谓生动逼真，清丽轻灵。

下阕则自叙心怀，亦是对邻家少女的答复：不是我不喜欢春天的踏青，而是本来就心绪不佳，愁怀不解，实在不愿再去沾惹新恨了。“浅黛双弯，柔肠几寸”，“浅黛”，指女子画得很淡的眉毛。“双弯”，即轻轻地皱着眉头。“柔肠”，柔曲含情的心肠。“几寸”，当是几丝愁绪萦怀。这八个字，写这个少女的淡淡心事、淡淡愁，堪称清丽含婉，风韵别致。“不堪更惹其他恨。”风流含蓄之后接以率直坦露，则显得灵巧高妙。

现在，这位少女自吐心怀说不愿再去沾惹新恨了，但是此种幽幽心事又有谁知道呢？故于结处说唯有那清晓窗外的流莺明了。“晓窗窥梦有流莺，也觉个侬憔悴、可怜生。”意即我心事重重地睡去，清晨从梦中醒来，即使是那婉转啼鸣的莺儿也觉得我很憔悴，惹人怜爱。结尾二句，幽思含婉，清丽轻灵，表达出百无聊赖的阑珊意绪。

鬓云松令

枕函香，花径漏[1]。依约[2]相逢，絮语黄昏后。时节薄寒人病酒[3]，铲地[4]梨花，彻夜东风瘦。

掩银屏，垂翠袖。何处吹箫，脉脉情微逗[5]。肠断月明红豆蔻[6]，月似当时，人似当时否？

赏析

还可以回到从前的吗？梨花一般的女子站在远处，静静地看着他幸福。

他，现在真的好吗？辗转反侧，不能成眠的时候，寂寞的女子总会遥望那弯月牙儿。

不知道他是否拖着疲惫的身体，走在回家的路上，偶尔抬抬头，感受一下温柔的月色。月似当时，人似当时否？

点评

这首词是写月夜怀念所爱之人的痴情。

---

①枕函二句：谓花径泄露春光，致使枕头上尚留余香。②依约：隐约、仿佛。③病酒：谓饮酒过量，沉醉如病。④铲地：无端，平白无故地。⑤逗：引发、触动。此指逗引出感情来。⑥豆蔻：多年生常绿草本植物，有肉豆蔻、红豆蔻、白豆蔻等品种。此喻指所恋之人。

柔情婉转，语辞轻倩，似丽人姿容初展，风神微露。

上阕从痴情入忆的感受写起。“枕函香，花径漏。依约相逢，絮语黄昏后。”起首四句写回忆里的室外情景：在花径泄露春光，枕头都留有余香的美好日子里，他与伊人在黄昏时见面，絮语温馨情意绵绵。

清初满族进取有为的贵族子弟，每日晨昏定省弓马骑射，汉文满文蒙文都需温习。一天的功课安排颇紧，唯有黄昏时分才有空闲，这也是为什么容若词中屡屡出现黄昏夕阳的字眼，除了《采桑子》里有“月度银墙”之语，《落花时》又写：“夕阳谁唤下楼梯，一握香荑。回头忍笑阶前立，总无语，也依依。”可知容若与伊人相会也多在晚间。

“时节薄寒人病酒，铲地梨花，彻夜东风瘦。”接下写与伊人分别后，如今夜间的景况。在清寒的天气里，词人借酒消愁，沉醉不醒，而东风彻夜无息，无故吹落梨花满地。一夜过尽后再看满树梨花竟似瘦减不少。

“掩银屏，垂翠袖。何处吹箫，脉脉情微逗。”下阕四句写别后词人相思成痴、痴情入幻的迷离之景。前两句写她在闺房里，寂寞地掩着屏风，青绿色的衣袖低低垂下，似是欲说还休。

后两句，词人心魂则由彼处，倏然飞回此处，写这时候他依稀听到了她那脉脉传情的箫声，只是不知人在何处。“何处吹箫”，箫中含情；“脉脉情微逗”，情转温软醉人。

“肠断月明红豆蔻”，接下来一句则再由幻境回到现实。写如今夜色沉凉，月光照在院中的红豆蔻上，那红豆蔻无忧无虑开得正盛，让人触景伤情。“月似当时，人似当时否？”于是又联想到曾与她同处在月下的情景，而如今月色依然，人却分离，她还依稀如旧吗？

月亮永恒，恋情却苦短，“肠断月明红豆蔻，月似当时，人似当时否？”人，尤其是至情之人，又怎能经受住如此一问？在这月的孤独落寞中，昔日繁华凋零，容若反问这句清丽而沧桑的“月似当时，人似当时否？”比起小山的“当时明月在，曾照彩云归”，更显情深、意浓，凄凄惨惨戚戚历历可见。

点绛唇 寄南海梁药亭[①]

一帽征尘，留君不住从君去。片帆何处，南浦沈香雨[②]。

回首风流，紫竹村[③]边住。孤鸿语，三生定许[④]，可是梁鸿侣[⑤]？

赏析

好朋友要走了。这一走，梦破南楼，山长水阔知何处？

你知道，从此千帆过尽，或许不会再有他。所以你百计留他。

可是来去苦匆匆，泪沾长襟，但留天涯一时，留不得漂泊一世。留君不住。好朋友走了。带着黄昏的一片晚云，他走了。思君如流水。你燃起一缕沉香，紫竹村里的风流，像一首老歌。

---

① 南海：指广东省。梁药亭：作者的好友梁佩兰，字芝五，号药亭，广东佛山市南海区人，清初著名诗人，与屈大均、陈恭尹并称为“岭南三大家”。康熙二十七年（1688）进士，官翰林院庶吉士，有《六莹堂前后集》十六卷。《清史列传》卷七十一有《梁佩兰传》可参。②南浦：南面的水滨，泛指送别之处。沈香：沈香浦，在今广东南海琵琶洲。相传晋广州刺史吴隐之曾在这里投下沉香，故名。③紫竹村：未详，可能是北京西郊紫竹院附近的一处村庄。④三生：指前生、今生和来生。⑤梁鸿：字伯鸾，系汉扶风平陵人，家贫而好学，尚气节，为隐逸之士，与妻子孟光相敬如宾。

点评

梁药亭为了参加进士考试，长期滞留京师，故与容若相识，结为知己。药亭在《赠成容若侍中》诗中写道：“及尔见君子，和颜悦且康。顾念我草泽，自忘躬貂珰。”足见二人相交之友情非同一般。但药亭仕进不利，故于清康熙二十年（1681）离京返粤，此篇大约作于是年。当药亭离京后，容若填此寄赠，表达了对他的深切的怀念。

“一帽征尘，留君不住从君去。”起首二句写药亭意欲南归，留也留不住的惜别眷恋之情。“片帆何处，南浦沈香雨。”次二句，承“从君去”而发，写药亭踏上归途。南浦，出自江淹《别赋》：“春草碧丝，春水绿波。送君南浦，伤如之何！”本指南面的水边，后泛指水边送别之地。

“回首风流，紫竹村边住。”“回首”二字一出，当知下阕开始转入回忆，词人回顾往日隐居紫竹村边，那潇洒风流的生活实在令人怀恋。风流若何？是谈诗论文，观摩书画？还是推心置腹，畅叙友情？词人未有明说，只以“紫竹村”三字，隐隐点出几许隐逸情怀，淡泊情调，让读者自行联想。

结尾三句，仍出以想象之语，怀念之中更见对友人的款款深情。“三生定许，可是梁鸿侣？”梁鸿，字伯鸾，系汉扶风平陵人，家贫而好学，不求仕进，娶同县孟光为妻，夫妇二人同入霸陵山中，以耕织为业，咏诗书，弹琴以自娱。结尾处，词人别然牵出三生之语，谓如果说人真的有前生，那么药亭的前生定然是梁鸿一样的人物，便于谐趣中见出对药亭的一往情深。

忆王孙

暗怜双缫[1]郁金香，欲梦天涯思转长。

几夜东风昨夜霜，减容光，莫为繁花又断肠。

赏析

闺中的女子，怜惜着小院里的郁金香花，偷偷的。花开的心事，是不能说的。

梦是花朵紫色的根须，想探探情郎的天涯，是否比她的思念绵长？

春风中有些薄薄的寒冷，她的玉手有些微微的凉。如花的容颜憔悴时，她听见，忧伤在郁金香花里一瓣一瓣地敲门。

点评

这首词写闺中女子思念远方的情人，以淡语出之，平浅中见深婉，自然入妙。

“暗怜双缫郁金香，欲梦天涯思转长。”起首二句由景及人，睹物而思及远方的心上人。双缫，可作两解。一为“成双的捆在一起的”，以此修饰“郁金香”，反衬人之孑然。二是借代女子

---

① 双缫：指郁金香成双成对。缫，拴、缚，此处谓两花相并。一说缫，指袜，郁金香为袜上图案。

的袜子，因古代有一种女袜有丝带与衣着相连，“缧”本指那起牵连作用的丝绳并在此借指整个袜子，而“郁金香”则是袜子上的图案。“暗”字用得很别致，有“私”的含义，似言事涉私情，非他人所知。

“几夜东风昨夜霜，减容光”此二句一出，当知“暗怜双缧郁金香”一句中，主人公“怜”的是成双成对的郁金香花。这里也是言几夜的风霜又使美丽的花消褪了容光。

末句，“莫为繁花又断肠”，有人曾解为：说不要为花的凋谢而伤感，实际上却正是在为此而伤感，故作自我安慰之语，就比较含蓄。令人读了觉得含思婉转，哀而不伤，很合乎我国传统诗教“温柔敦厚”的旨意。

菩萨蛮

过张见阳山居[1]，赋赠

车尘马迹纷如织，羡君筑处真幽僻。柿叶一林红，萧萧四面风。

功名应看镜[2]，明月秋河影[3]。安得此山间，与君高卧闲。

赏析

一箪食，一瓢饮，不改其乐。那是颜回的淡泊。

采菊东篱下，悠然见南山。那是陶潜的宁静。

《圣经》云：你出自尘土，必归于尘土。

人生在世，功名权势，终究如同镜花水月，一场空而已。与其车尘马迹，忙忙碌碌，不如垂钓碧溪，对一张琴，一溪云，一壶酒。且逍遥，信步其中。

点评

纳兰与张见阳交情很深，在《饮水词》中有很多篇是写给张见阳的，这篇就是其中之一。

张见阳擅山水画，人称其“得董源、米芾之沉郁，兼倪瓒之

①张见阳山居：在京郊西山。②功名句：谓容颜易老而功名难就。③秋河影：指银河。

逸淡”，家藏有名画极为丰富，因此他临摹古画能达到形神逼肖的地步。又工书法，学晋唐人体势，并善刻印。这样的人自然而然成为康熙年间的名士，当时的名流如高士奇、曹寅等都与其交往友好。

此篇为过张见阳故居之作，抒发了词人对悠闲自适的隐逸生活的向往。

“车尘马迹纷如织”，首句写己况，自己身在繁华中，门前车尘马迹来来去去。“车尘马迹”，本即熙攘之景，再加上“纷如织”，这就生动淋漓地道出了都市喧嚣热闹至极的情形。

那都市繁华不好吗？君不见，“宝马雕车香满路”，何其繁丽，何其蔚然！然而词人觉得不好，觉得厌烦。而正是因为他素来厌倦高门华阀的贵族人家的生活，厌倦侍卫官单调乏味的生活，所以当他过见阳山居之所时，才会发出“羡君筑处真幽僻”的感喟，表达对见阳山居的羡慕之情。

“羡君筑处真幽僻”，“真幽僻”，幽僻在何处？——幽僻在红彤彤的一林柿叶，幽僻在萧萧作响的四面秋风。“柿叶一林红，萧萧四面风”，两句景语，悠然恬淡，萧散疏落，既是友人居所幽静的具体体现，又是词人羡慕的缘由。——上阕以己处之喧阗与友人处之清幽作对比，递出心中艳羡之情。

下阕则抒发了归隐山林的渴望。“功名应看镜，明月秋河影”二句牵出“功名” 二字。功名如何？“看镜”“明月”“秋河”云云似是在说功名利禄之事无非是镜中之月，河中之影一样，如烟如云，虚无缥缈。而正因为功名虚幻如梦，所以要舍弃它，追求山泽鱼鸟一般闲适的生活？

非也。此处的“功名应看镜”，所用并非“镜花水月”的意象，而是用杜甫《江上》诗“勋业频看镜，行藏独倚楼”的诗意。

全诗如下：“江上日多雨，萧萧荆楚秋。高风下木叶，永夜揽貂裘。勋业频看镜，行藏独倚楼。时危思报主，衰谢不能休。”显然这两句诗中，杜甫是嗟叹勋业未成而容颜易老，正如金圣叹在《杜诗解》中指出：“频看镜”者，老年心热人，忽忽自忘其白，妙在一“频”字。

所以容若此处所写“功名应看镜，明月秋河影。”两句，实非是将功名利禄视若镜中之月，而是说，与其整日忙忙碌碌，对镜忧老，叹息不止，倒不如放下心来，栖此碧山，与友人高卧，畅叙幽情，惬怀为闲。

此之句意，上承前句之“羡君筑处真幽僻”的“羡”字，说明正是由于自己放不下功名利禄，故此才生出“羡君”的感叹；下启尾句“安得此山间，与君高卧闲”的“安得”二字，表达了“与君高卧闲”的闲适还只是一种期盼，一种理想，不知何时才能实现。小词质朴显露，但情深意切，不失为佳作。

调笑令

明月。明月。曾照个人离别。玉壶红泪[①]相偎，还似当年夜来[②]。来夜。来夜。肯把清辉重借。

赏析

你已不再归来。晴朗的夜晚温凉悄然，凄凉的明月清辉下，银河早已入睡。我久已不在你的耳旁，不知你的眼泪是否还会把我记起。

也许在左手与右手的相偎中，有人会亲切地回想起我的过去。枕着你的名字，我无法入眠，天上一轮明月，依然固守着她的寂寞。可在我住过的窗口，不会再有你脉脉的凝视。

点评

“明月。明月。曾照个人离别。”起首化用冯延巳《三台令》“明月，明月，照得离人愁绝”，写皎洁的明月，曾用洁白的清辉照他与人离别。那与谁离别呢？明月，明月，纳兰是想劝慰吧？海内存知己，自然天涯共此时，何必以身形羁绊？或者也是在祝福，既不得相守，便不如放开心胸祈祷，但愿人长久，千里共婵娟。

---

① 玉壶红泪：美人之眼泪。②夜来：魏文帝宫中美人，即薛灵芸。魏文帝为其改名夜来。

然而那一片月明中，纳兰好似又眼睁睁地看见那个人由远及近渐渐走向了他，咫心之距时，又远远地推开了他，狠狠地退出了他的视野。他们心意相交，却终天各一方。永远，相守时难以实现的诺言；遥远，离别时执手相看泪眼，一个转身便耗尽了一生的时间。

“玉壶红泪相偎，还似当年夜来。”玉壶红泪，用薛灵芸事典。当初，魏文帝曹丕迎娶美女薛灵芸，薛姑娘不忍远离父母，伤心欲绝，等到登车启程以后，薛灵芸仍然止不住哭泣，眼泪流在玉唾壶里，染得那晶莹剔透的玉唾壶渐渐变成了红色。待车队到了京城，壶中已经泪凝如血。所以后世便以“红泪”形容女子的伤心，也可以用来泛指悲伤之泪。此处，“玉壶红泪相偎”，是说词人独自伤心流泪吗？若是词人自己泪水涔涔，怎来“相偎”？

且看后一句，“还似当年夜来”，此句一出，豁然开朗。“玉壶红泪相偎”原是当年的情人流着眼泪与自己相依相偎的情景，这一句本来应该放在“还似当年夜来”后面的，却被词人前置了。

此处“夜来”，字面意思是说当年之夜，但其实还是用薛灵芸的典故。《拾遗记》云：“灵芸未至京师十里，帝乘雕玉之辇以望车徒之盛，嗟曰：‘昔者言朝为行云，暮为行雨，今非云非雨，非朝非暮。’改灵芸之名曰夜来。”

由此可知，“夜来”指的就是薛灵芸。那词人两番用此典故，将明月夜与情人分手和三国时薛灵芸入宫联系在一起，究竟是何意图呢？有情人无奈离别，女子踏入禁宫，从此红墙即银汉，天上人间远相隔。这，是否又是表妹的故事？说不清。唯一能说清的，只是这最后一问：今后的夜晚，明月还会把它的清冷光辉借给我，照亮曾经的欢聚吗？

采桑子 九日

深秋绝塞[①]谁相忆，木叶[②]萧萧。乡路迢迢。六曲屏山和梦遥。

佳时倍惜风光别[③]，不为登高。只觉魂销。南雁归时更寂寥。

赏析

独在异乡为异客，每逢佳节倍思亲。遥知兄弟登高处，遍插茱萸少一人。

明日便是农历九月初九，是一年一度的重阳佳节。古俗此日需登高，饮菊花酒，佩戴茱萸来消灾。你却遥遥地站在那山的高处，远眺来时路，耳畔南雁长鸣。乡愁磨损了眉头，怎么你醒也寂寥，梦也寂寥？

坐也魂销，睡也魂销？那乡路蜿蜒渐渐入了梦。梦又如何？梦中也迢迢，故园仍遥。

点评

九日，即农历九月九日，是为重阳节。古俗此日需登高，饮菊花酒，佩戴茱萸来消灾。容若此时正使至梭龙，自然佳节思亲，

---

① 绝塞：遥远偏僻之地。②木叶：落叶。③别：与众不同。

备感形单影只、孤独寂寞，遂填词以寄乡情。

上阕写秋光秋色，落笔壮阔。“深秋绝塞谁相忆”，深秋，点明时令；绝塞，道出地点。

秋景每以萧瑟动人心魄，而出使之地又如此僻杳，于是词人自然而然就会发出一句诘问：有谁惦记着我呢？

是啊，到底“谁”“相忆”词人呢？作者没有回答。他只是继续摹写落叶萧萧的肃杀萧索之景。但是思乡的琴曲已被弹起，兀自在心间缭绕盘旋。

“乡路迢迢，六曲屏山和梦遥。”迢迢，遥远之貌。杜牧《寄扬州韩绰判官》诗云：“青山隐隐水迢迢，秋尽江南草未凋。”屏山，因屏风曲折若重山叠嶂，或谓屏风上绘有山水图画等，故称“屏山”。六曲，指十二扇的屏风。此处，“六曲屏山和梦遥”紧接在“乡路迢迢”之后，点出了边塞山势回环，路途漫长难行，遥应了“绝塞”一词，亦将眼前山色和梦联系起来，乡思变得流水一样生动婉转，意境深广。

下阕抒写佳节思亲之意。“佳时倍惜风光别，不为登高”两句，似是出自王维的《九月九日忆山东兄弟》：“独在异乡为异客，每逢佳节倍思亲。遥知兄弟登高处，遍插茱萸少一人。”词人轻描淡写地将王维诗意化解为词意，写逢此重阳佳节，故园正风光美好，令人倍增离愁别绪。

“只觉魂销，南雁归时更寂寥。”结句又承之以景，借雁南归而烘托、反衬出此刻的寂寥伤情的苦况：春秋代序，雁去雁还，就算风凄雨苦，它们也要定期地、执着地返归旧乡。面对这横空雁字，远离亲朋、身处“绝塞”、独味凄凉的词人，怎能不心神摇曳，思归之情倍增？

一方面，由雁的相伴而还，想到自己独自飘零异乡，恰如失群的孤雁；另一方面，词人也从鸿雁的定期还乡，产生人不如雁的悲哀，从而渴望着自己也能像鸿雁一样可以自由地往还，回到亲人朋友的身旁。

容若一向柔情细腻，这阕《采桑子》却写得十分简练壮阔，将边塞秋景和旅人的秋思完美地结合起来。仅用寥寥数十字写透了天涯羁客的悲苦，十分利落。

采桑子

白衣裳凭朱阑[①]立，凉月趖西[②]。点鬓霜微，岁晏[③]知君归不归？

残更目断传书雁，尺素还稀。一味相思，准拟[④]相看似旧时。

赏析

月夜，翩翩的男子一袭白裳，凭栏而立。凉风入袂，他望月的神态是那么优雅，那么忧伤。万水千山之外，南国的故人，此时也在凭栏。

小桥上，月色下，目光随流水，远处，无边也无际。只是不知道，岁末了，故人为何还不归来？

守望的人只有凝眸，凝眸。

点评

上阕起首两句描写词人残夜凭栏的情景。“白衣裳凭朱阑立，凉月趖西。”词人一袭白衣，临朱栏而立，此时寒月清冷，向西落去。“点鬓霜微，岁晏知君归不归？”两句由景物转入自身心理。

---

①朱阑：红色的栏杆。②趖：走，移动。趖西：向西落下。③岁晏：岁末。④准拟：料想，希望。

“点鬓霜微”，鬓霜，形容鬓发斑白如霜。词人在句首句尾分别添加以“点”“微”二字，是实写自己略微衰老，不是李白的“白发三千丈”，而是近似于苏轼《江城子·密州出猎》的“鬓微霜”。但是词人所关注的，却不是这“点”“微”二字，而是“鬓霜”。因为接下一句就是“岁晏知君归不归”？时候已至岁末年关，南方的故人仍未归来与自己相聚，而此时词人的鬓发都已经斑白了，如此年复一年，短暂的人生能有几多促膝而谈的时光呢?

“残更目断传书雁，尺素还稀。”这片转写书信稀少，从另一个角度衬托怀念友人之情。“残更”，照应上文的“凉月趱西”，指夜色将尽。“传书雁”和“尺素”皆是用典。古人有“雁足传书”和“鱼传尺素”的说法，前者见于《汉书·苏武传》，后者见于古诗《饮马长城窟行》（客从远方来），是诗文中常用的典故。

此处，词人在“传书雁”前添以“目断”二字，尽显久久守望等候之意，比起“断鸿难倩”等语又增加了许多风致，略似于赵长卿的“过尽征鸿来尽燕，故园消息茫然”。

“一味相思，准拟相看似旧时。”结尾二句点出相思之意。“一味”，自是承上“凉月”“鬓霜”“岁晏”“传书雁”“尺素”层层铺垫而来，犹如百川汇海，自然流畅。“准拟”，即希望、期待。词人希冀在不久的将来，南方的故人能够归来团聚，像旧时一样与自己把酒言欢，秉烛夜谈。结处平淡语浅而流美深婉。

眼儿媚

林下闺房世罕俦[①]，偕隐[②]足风流。今来忍见，鹤孤华表[③]，人远罗浮[④]。

中年定不禁哀乐，其奈忆曾游。浣花[⑤]微雨，采菱斜日，欲去还留。

赏析

今夕何夕，月淡风轻。那一段沁人心脾的曲调，永远在琵琶的弦上凝而不发；那一章绝美的诗句，永远在红笺中让人沉醉；那一番闭月羞花的容貌，永远在红烛下动人心魂……那可是京城第一美人，你的心上人吗？今夕何夕，柔云淡月。

点评

词人偶至旧日与心爱女子同游之地，却见物是人非，遂怀想万千。这篇即写此种感慨。

“林下闺房世罕俦”，林下，非言山林之下；闺房，弗指女子卧房。林下闺房，是用典。

---

① 林下：形容闲雅、超脱。俦：同类。这句意谓其人不同凡响。②偕隐：夫妻一起隐居。③华表：古代宫殿、城垣或陵墓前所立石柱。鹤孤华表：比喻去世。④罗浮：罗浮山，在广东省。⑤浣花：古时蜀地风俗，以每年农历四月十九日为浣花日。

《世说新语·贤媛》中有一则故事：谢遏和张玄各夸各的妹妹好，皆是天下第一。当时有一尼姑，与二人皆识，有人就问这位尼姑："你觉得到底谁的妹妹更好呢？"尼姑说："谢妹妹神情散朗，有林下之风；张妹妹清心玉映，是闺房之秀。" 此处，词人将林下、闺房并举，毕现伊人的风致绝伦、不同凡响。

夸赞完心爱女子后，词人接下来便说道："偕隐足风流。"偕隐，指夫妇相携隐居，这里用的是东汉鲍宣桓少君夫妇同归乡里的典故（详见《后汉书》）。既然心上人是谢妹妹、张妹妹一般的人物，那么若能与此女子结为夫妇，一起隐居，待老终身，岂不是人生快事？

然而那只是美好的愿望，如烟似梦。"今来忍见，鹤孤华表，人远罗浮。"此三句，词人联用事典，抒写伊人已逝的怅然之情。"鹤孤华表"，据《搜神后记》，辽东人丁令威在灵虚山学道成仙，后化鹤归来，落于城门华表柱。有少年想射它，鹤说："有鸟有鸟丁令威，去家千年今始归。城郭如故人民非，何不学仙冢累累。"后以鹤归华表比喻去世。罗浮，即罗浮山。

据唐柳宗元《龙城录》，隋时赵师雄迁罗浮，日暮于林间酒肆旁，见一美人淡妆素服出迎，与语，芳香袭人。因与酒家共饮。雄醉寝，及至酒醒，始知身在梅花树下，美人已去，雄惆怅不已，才知是遇上了梅花神。词人两番用典，写爱人故去，先前种种良愿，诸般美好，皆似醉酒之后的南柯一梦。

过片转写如今中年的哀伤。"中年定不禁哀乐"一句，用谢安事典。

南朝宋刘义庆《世说新语·言语》："谢太傅语王右军曰：'中年伤于哀乐，与亲友别，辄作数日恶。'"翻译成现代汉语即是：人到中年，很容易感伤。每每和亲友告别，就会难受好几日。

词人言"中年定不禁哀乐"，实际上正是"中年伤于哀乐"的另一种表达，添一"定"字，似是强调。紧接一句，"其奈忆曾游"，伤感无奈之下，他不由得回想起当年和伊人一起游玩的情景。

何种情景？"浣花微雨，采菱斜日。"微雨洗涤花树，夕阳之下，水边采菱，诸般情形，皆同往昔。但是物是人非，佳景虽常在，丽人却永逝。所以，词人在旧地徘徊流连，将去却难以离去。这也就是最后一句的"欲去还留"。不忍触及旧痛，故曰"欲去"；不能忘记旧情，故曰"还留"。词人缅怀之情，缱绻缠绵，如江水滔滔，如琴音绕梁。

纳兰这首词，表面上看，更像是首馈赠之词，写给一位隐居的友人，赞扬他对生活的田园之态。字句之中，纳兰表露了对退隐凡尘，隐居林下生活的向往，也无意倾吐了对理想生活的渴望。履贵处丰的公子，却不满于生活轨迹的局限性，出入于俗世丑态，违其志所向。赞美之中同时表达了他所渴望的生活形式，正如这友人的田园情趣，只需小屋一间就可。因而，既有赞美友人豁达之心，又能坦言自身对隐居无限向往，一词双关。

东风齐着力

电急流光[①]，天生薄命，有泪如潮。勉为欢谑[②]，到底总无聊。欲谱频年离恨，言已尽、恨未曾消。凭谁把、一天愁绪，按出琼箫[③]。

往事水迢迢[④]。窗前月，几番空照魂销。旧欢新梦，雁齿小红桥[⑤]。最是烧灯时候，宜春髻、酒暖蒲萄[⑥]。凄凉煞、五枝青玉[⑦]，风雨飘飘。

赏析

是谁在吹奏玉箫？那箫声如此凄切，更使人销魂。窗前的明月，又一次照着月下这销魂之人。往事如同江水般连绵涌上心间，梦里、回忆里都是你我往日的欢会，在难忘的元宵佳节，久久地欣赏你那形状美丽的发髻，饮着那暖人的葡萄美酒。如今梦已醒，忆成空，只有凄风冷雨，寂寞孤灯，怎不叫人断肠伤情！

一世相恋，半载离别，重逢恨晚，天人永隔。你的影子清

---

①电急流光：形容时间过得极快，犹如电闪流急。②欢谑：欢乐戏谑。南朝梁刘勰《文心雕龙·谐隐》：“怨怒之情不一，欢谑之言无方。”③琼箫：玉箫。④迢迢：形容遥远。也作“迢递”。⑤雁齿：比喻排列整齐之物，常比喻桥的台阶。⑥蒲萄：即葡萄酒。⑦五枝青玉：指灯。《西京杂记》谓，咸阳宫有青玉五枝灯，高七尺五寸，作蟠螭，以口衔灯，灯燃，鳞甲皆动。

晰如昨，我的心正肝肠寸断……

点评

纳兰在这首词里诉说了自己透彻心扉的伤感与苦情：时光飞逝，人生苦短，又加上天生福薄，想到这些不觉泪如雨下。即使强颜欢笑，最后也是百无聊赖。想要将胸中的愁苦写下，然而所有的语言都已说尽，但心头之恨仍然未消。

词的上片写人生苦短，泪眼蒙眬之凄迷感受。“电急流光，天生薄命，有泪如潮。”短短十二个字，就将内心的愁苦通通宣泄出来，纳兰写苦情的词，最为感人，原因便在于此，他从不将情绪复杂化，越是白描的词，越容易打动人心。

“泪”是此片的关节。后面所写，虽然都是与泪无关，但可以看出，纳兰的这首词里，字字句句，都藏着眼泪。“勉为欢谑，到底总无聊。”在伤心的时候，欢乐也变得无聊了，勉强的笑容，总是难以持久的，放下面具，自己真的无法遏制悲伤。

“欲谱频年离恨，言已尽、恨未曾消。”离恨就是这样，就算千言万语一切都已消失，但离愁却不会消失。纳兰写自己的悲戚，默然无语，千愁万怨似乎随着两行泪水咽入胸中，无法言说。

在上片的最后，纳兰写道：“凭谁把、一天愁绪，按出琼箫。”一怀愁怨，触绪纷来，胸中的郁闷无法排遣，于是只得吹箫排解。在词的下片开始，纳兰便更是将清愁写入骨髓深处，让它们同寂寞一起流淌。

“往事水迢迢。窗前月，几番空照魂销。”提到离愁，便不能不写到往昔，一个过去丰富的人，往往最有忧愁的资格，纳兰就是这样的人，他的“旧欢新梦，雁齿小红桥”，都是他的忧伤来源，这首词在这里声情凄苦，词音细滑，似满心而发出的感慨，读过之后，令人感到悲伤欲绝。

“最是烧灯时候，宜春髻、酒暖蒲萄。凄凉煞、五枝青玉，风雨飘飘。”结尾两句，融情入景，表达了绵绵无尽的哀愁。这首词可以因声传情，声情并茂。纳兰将词演绎得通篇婉转流畅，环环相扣，起伏跌宕，真是一首好词。

满江红 茅屋新成却赋[①]

问我何心，却构此、三楹茅屋[②]。可学得、海鸥无事，闲飞闲宿？百感都随流水去，一身还被浮名束。误东风迟日杏花天[③]，红牙曲[④]。

尘土梦，蕉中鹿[⑤]。翻覆手[⑥]，看棋局。且耽闲殢酒[⑦]，消他薄福。雪后谁遮檐角翠，雨余好种墙阴绿。有些些欲说向寒宵，西窗烛。

赏析

世事是这样不尽如人意，我多想造几间草房，在那里过着自由自在的生活。把酒言欢，看雪赏雨，打猎植柳，不甚快哉！可造化弄人，冲破重重桎梏，飘然隐逸，简直如白日梦，只能让感慨随流水消散，而自己还被功名束缚。

点评

陶渊明一句“采菊东篱下，悠然见南山”羡煞多少人，亦有

---

① 却赋：再赋。却，再。② 三楹茅屋：泛指几间茅屋之意。楹，房屋一间为一楹。③ 杏花天：杏花开放时节，指春天。④ 红牙：乐器名，檀木制的拍板，用以调节乐曲的节拍。⑤ 蕉中鹿：形容世间事物真伪难辨，得失无常等。蕉，通“樵”。⑥ 翻覆手：形容人反复无常或惯耍手段。⑦ 殢酒：沉湎于酒，醉酒。

数辈先贤与陶渊明同一行径，不为五斗米折腰，每日过着看“山气日夕佳，飞鸟相与还”的优哉日子。纳兰虽人在仕途，却淡泊功名，欲效陶渊明等先贤的心情则更为明显，他有诗云：“吾本落拓人，无为自拘束。倜傥寄天地，樊笼非所欲。”

康熙二十三年（1684），顾贞观南归整三年，为招顾贞观回京，纳兰特地修建了几间茅屋，并写下了这首词以迎接顾贞观。

这首词的上片侧重叙志。问我为什么要造这几间草房，可是为了像海鸥那样无忧无虑，自由自在？将心中的感慨都付与流水，抛开这人世浮名的束缚，在那春天赏花歌舞。

下片点出为何要摆脱“浮名束”。是因为这人生如梦，变幻无常，令人无可奈何，不如冷眼旁观，与友人把酒言欢，消受清福。一起看雪赏雨，西窗剪烛。

与这首词同时完成的还有一首诗《寄梁汾并葺茅屋以招之》：“三年此离别，作客滞何方？随意一尊酒，殷勤看夕阳。世谁容皎洁，天特任疏狂。聚首羡麋鹿，为君构草堂。”可见他与顾贞观的友情之深厚。

诗词的字里行间，更洋溢着对现实生活的不满。譬如海子的《面朝大海，春暖花开》：“从明天起，做一个幸福的人/喂马，劈柴，周游世界/从明天起，关心粮食和蔬菜/我有一所房子，面朝大海，春暖花开。”表面上看，是对世俗生活的回归，“我”要“关心粮食和蔬菜”了；实质上说，还是对现实生活的抛弃，因为所谓“面朝大海”，即是背离现实——“喂马，劈柴，周游世界”这样的日子，看似简单，我们都明白，无论有多少个明天，这种日子也不会实现的。纳兰也是如此。诗人所选择的心目中的全新的生活，恰恰是最普通、最平实的生活，他把进行正常生活当作一种理想化的升华，这说明什么问题呢？说明他现在进行的生活是不正常的、背离他自身理想的。

纳兰是权臣的长子，康熙帝的近侍，朝廷的重点培养对象，天生贵胄，多少人艳羡。作为被艳羡的对象，纳兰本人，却表现了让人惊讶的冷静，有出离尘世的透彻眼光。纳兰在审视自己当前的人生状况时，用了两个比喻：蕉叶覆鹿，翻手为云、覆手为雨。

“蕉中鹿”即指蕉叶覆鹿。砍柴人去打柴，阴错阳差下打死了一头肥硕的鹿。打柴人特别高兴，但是鹿太大，他带不走。他急中生智，将鹿藏在了芭蕉叶下。等他回来时，却找不到鹿了，他非常讶然，以为只是做了一个白日梦而已。“翻手为云、覆手为雨”典出《史记·郦生陆贾列传》，现在指人手段高明、权势大，其原本的意思，形容人反复无常。

这两个典故都指向同一个意向：命运的无常。打柴人前一刻还在为天降的好事欣喜若狂，下一刻发现那种喜悦的由来——一头鹿如同它的出现般，凭空消失了。他甚至开始怀疑自己命运中那一小段极度欢愉的时间是黄粱一梦，对实际发生的现实也产生了怀疑。当繁华的命运过后，我们独自啜饮生活的残酿时，谁又能说服自己昔日的繁华真的在自己身上出现过？

人们能相信的，只有现在，只有此刻，超出这个范畴的，我们脆弱的神经无法承受。说服自己相信一个失去的美好，远比说服自己忍受此刻的贫凉要难。

而事实上，有几人的一生能永远保持那种高调的繁华呢？烟花盛放，必然会走向寂灭；三春似锦，一定会走向秋凉。生命的本质是高低起伏的，如同抛物线，这条线的终点，一定是向着远方寂静的地平线。

可是，像纳兰这样在春日的繁花中欢乐畅饮酒浆的人，还是一个人世阅历尚浅的年轻人，竟然能把命运审视得如此通透，真真让人佩服。陶渊明若知纳兰，当引为知音。

秋水 听雨

谁道破愁须仗酒，酒醒后，心翻醉。正香消翠被①，隔帘惊听，那又是、点点丝丝和泪。忆剪烛幽窗小憩②。娇梦垂成③，频唤觉一眶秋水④。

依旧乱蛩声里，短檠⑤明灭，怎教人睡。想几年踪迹，过头风浪⑥，只消受、一段横波⑦花底。向拥髻⑧灯前提起。甚日还来，同领略夜雨空阶滋味。

赏析

谁说消愁一定要喝酒，酒醒之后，心反而醉了。伊人已不在身边，寂寞无聊，却听得窗外淅淅沥沥地下起了秋雨，可知那雨水是伴着泪水流下的呢！

记得当初秋夜闻雨，西窗剪烛，你当时刚要睡着却又被频频唤醒，眼神迷离的情景。

---

①翠被：翡翠羽制成的背帔。②忆剪烛：语出唐李商隐《夜雨寄北》诗："何当共剪西窗烛，却话巴山夜雨时。"谓剔烛芯。后以"剪烛"为促膝夜谈之典。元杨载《题火涉不花同知画像》诗："鹔鹴裘暖鸣鞭疾，翡翠帘深翦烛频。"小憩：短暂休息。③垂成：事情将近成功。④秋水：秋天的水，比喻人（多指女人）清澈明亮的眼睛。⑤短檠：矮灯架，借指小灯。唐韩愈《短灯檠歌》："一朝富贵还自恣，长檠焰高照珠翠；吁嗟世事无不然，墙角君看短檠弃。"⑥风浪：比喻艰险的遭遇。⑦横波：水波闪动，比喻女子眼神闪烁。⑧拥髻：谓捧持发髻，话旧生哀，是为女子心境凄凉的情态。

现在已经是秋虫哀鸣，灯光明灭，可寂寞却叫人无法入睡。回想这几年的足迹，经历的风风雨雨，只有与你相守的日子最让人安慰。想和灯烛前拥髻的你诉说，又不知什么时候才能再回来，让我们一起领略这秋雨缠绵的无尽秋意！

点评

读纳兰一首《秋水》，禁不住想起林黛玉的一首《秋窗风雨夕》。黛玉病卧潇湘馆，秋夜听雨声淅沥，心下凄凉，遂仿《春江花月夜》之格作词曰："泪烛摇摇爇短檠，牵愁照恨动离情。谁家秋院无风入？何处秋窗无雨声？"

字字句句的秋情，字字句句的伤悲。曹雪芹在代书中人作词时拿捏得向来很准，譬如第七十回"林黛玉重建桃花社，史湘云偶填柳絮词"，他让身世飘零的黛玉作词曰："叹今生谁舍谁收？嫁与东风春不管，凭尔去，忍淹留。"

人物哀哀凄凄的形象跃然纸上。到了心思缜密、踌躇满志的宝钗则一改倾颓气色："韶华休笑本无根，好风凭借力，送我上青云！"颇有男儿声韵。

黛玉毕竟是闺阁女儿，有悲，无阅历；有情，无情事。一篇《秋窗风雨夕》下来，华美流畅，感动的，却更多是黛玉自己。因她身处秋境，身系飘零，词句引导出的是内心深处的悲伤，但在多数读者身上，难以引发共鸣。纳兰性德不同，同为少年才俊，纳兰毕竟年长些，阅历多些，在这篇《秋水》中引入自己的感情经历，旁人看了更易懂。

怀念故人的心碎的词句，偏偏用了让人心碎的典故。“忆剪烛幽窗小憩”一句，典出晚唐李商隐《夜雨寄北》：“君问归期未有期，巴山夜雨涨秋池。何当共剪西窗烛，却话巴山夜雨时。”这是李商隐身居遥远的巴蜀写给远在长安的妻子的诗句。唐人的旧句子，或华丽或雄浑，难见这种朴实无华又深情的小文字，多么亲切有味。每每夜深读起，齿颊生香，心下平和，幸福中，裹杂着一些缠绵的思念、小小的忧愁。

只是这种小伤悲的词句，用到纳兰的词中，便是大悲痛了，有苏东坡《江城子》“千里孤坟，无处话凄凉”的悲哀——只因李商隐的妻还在世，在远方的长安城等待着丈夫归来，还能有“共剪西窗烛”的日子；而纳兰的妻香魂已逝，纵使世人为她写情词万言也唤不回来伊人的一声回应。

梁何逊写“夜雨滴空阶，晓灯离暗室”；蒋捷说“悲欢离合总无情，一任阶前点滴到天明”；纳兰叹息道：“甚日还来，同领略夜雨空阶滋味。”

斯人去后，词人的生命里只剩下“乱蛩声里，短檠明灭”，漫长的秋夜，雨滴敲打着空阶无法入眠。

年轻的纳兰不知独自熬过了多少个失眠夜，他也曾想过借酒浇愁，得出的结论却是“谁道破愁须仗酒”？这酒醒后，心反而醉得更深，痛得更多。

妻子离世后，纳兰的日子，秋雨绵绵，恨绵绵。纳兰三十一岁英年早逝，对他来讲，也许其中的裨益远大于遗憾。

淡黄柳 咏柳

三眠[①]未歇，乍到秋时节。一树斜阳蝉更咽，曾绾灞陵[②]离别。絮已为萍风卷叶，空凄切。

长条莫轻折。苏小恨，倩他说。尽飘零、游冶章台[③]客。红板桥[④]空，溅裙人[⑤]去，依旧晓风残月。

赏析

三眠柳还没有来得及休息，秋天就乍然降临了。寒蝉幽咽，经过灞陵离别。如今飞絮飘落水面成为浮萍，风卷落叶飞舞，空留悲凉凄切。

不要轻易折取柳条作别，苏小小的遗恨还需要它来诉说，那章台游玩之客看它零落殆尽，如今送别的红板桥已经空寂无人，伊人已去，徒留晓风伴残月。

点评

这首词的基调若即若离，柔美空灵，十分优美。

---

① 三眠：指柽柳，又名人柳，即三眠柳，此柳的柔弱枝条在风中摇曳，时时伏倒。《三辅故事》："汉苑中有柳状如人形，号曰人柳。一日三眠三起。"故柽柳又称三眠柳。② 灞陵：古地名。故址在今陕西西安市东。汉文帝葬于此，故称。三国魏改名霸城，北周建德二年废。③ 游冶：出游寻乐。章台：秦宫殿名，以宫内有章台而得名，此处指妓楼舞馆。④ 红板桥：红色木板搭建的桥。⑤ 溅裙人：代指情人或某女子。

上片开始，点明时节，“三眠未歇，乍到秋时节”。时令为初秋时分，一个“乍”字刻画出了秋天的突然而至，为写离别之苦展开铺垫。

“一树斜阳蝉更咽，曾绾灞陵离别。”伤感蔓延开来，离别便顺理成章地牵引出来，夕阳西下，在树梢上的太阳，更显得日落西山的迷茫。而后面一句，则是直接描写柳条变得枯黄，柳叶凋零，柳絮早已化作浮萍随风而逝，秋天真的到来了。“絮已为萍风卷叶，空凄切。”纳兰兀自悲切，感伤这季节的无情和人世间无情的变更。

而到了下片，纳兰却表现出一种温情脉脉的情绪来，他轻柔地写道：“长条莫轻折。”不要轻易地折断柳条诉说离别，离别虽有遗憾，但只要不告别，内心便依然充满温情。而后一句“苏小恨，倩他说”。则是在写一代名妓苏小小。

苏小小的爱情故事凄婉动人，离别是这个故事的主题，纳兰用苏小小的典故写出自己的惆怅与伤感，他达到了托物抒怀、借景言情的目的。而后的两句，自然也是围绕离别而写：“尽飘零、游冶章台客。红板桥空，溅裙人去，依旧晓风残月。”

词写到这里，颇有几分柳永的风范，但纳兰更显得干脆，既然红桥之上，离别已经无法挽回，那么就干脆道别了吧。

青玉案 辛酉人日[①]

东风七日蚕芽[②]软。青一缕，休教剪。梦隔湘烟征雁远。那堪又是，鬓丝吹绿，小胜[③]宜春颤。

绣屏浑不遮愁断，忽忽年华空冷暖。玉骨几随花骨换。三春醉里，三秋别后，寂寞钗头燕。

赏析

正月初七是为人日，桑树吐新芽，青青一缕。而离人却远隔千里，犹如南征之雁不在身边。纵然是绿鬓如云，金衣玉胜，也只能顾影自怜。

时光流转，年华易逝，那春愁别恨岂是绣屏就能遮蔽的。如今容颜变换，青春流逝，那离愁别绪年复一年，不曾间断。

点评

“东风七日蚕芽软。青一缕，休教剪。”正月初七是人日，这天刚好是桑树吐新芽的日子，春天已经露出了端倪，树木开始泛出绿色。

---

① 人日：旧俗以农历正月初七为人日。② 蚕芽：即桑芽。③ 小胜：即玉胜，又称华胜。古代一种玉制的发饰，为花形首饰。

看到这春日即将来临的景象，纳兰并没有为新一轮的生命轮回感到兴奋，而是隐隐不安地担忧到“梦隔湘烟征雁远”。思念之人不在身边，远在千山万水之外，就好像南飞的大雁一样，遥远得无法看到。甚至，就连思念也抵达不了。

没有与相爱的人在一起，就算是这春日再怎么美好，也失去了本来的意义。在这个所有人都欢庆的节日里，自己却是形单影只，独自一人在春日里看着万物复苏，生命回环。想到这里，纳兰的内心不禁又泛起波澜。

“那堪又是，鬓丝吹绿，小胜宜春颤”这一句，写绿色开始四处长出，绿色是生命的颜色，这个春天又要来临了。词人流露出无可奈何的惆怅情怀。

“绣屏浑不遮愁断，忽忽年华空冷暖。”山川遮不断思念，年华过去，但对于恋人的思念依然永不停歇。纳兰想到远在他方的恋人虽然早已是容颜不再，但一想到她，自己的内心便是暖融融的。

“玉骨几随花骨换。”这是感慨时光太过匆匆，但是“三春醉里，三秋别后，寂寞钗头燕”。在青春的流逝中，岁月一年一年变迁，自己的思念却是从没有停止过。

这首伤别离的词，写纳兰与相爱的人不能享受一起的苦恼，最后以寂寞结尾，在这个人日里，纳兰独自品尝寂寞，享受寂寞，却是最终被寂寞所淹没。

纳兰的心苦，只有他自己知道。

青玉案 宿乌龙江[1]

东风卷地飘榆荚[2]，才过了、连天雪。料得香闺香正彻。那知此夜，乌龙江畔，独对初三月。

多情不是偏多别，别离只为多情设。蝶梦[3]百花花梦蝶。几时相见，西窗剪烛[4]，细把而今说。

赏析

乌龙江一带天气早寒，夏天刚刚过去，冬天便立即到来。想必此时闺中正是花香四溢的时候，哪里知道在乌龙江上的离人正独自黯然神伤！

并不是因为多情而多了离别，而是因为离别偏就是为多情人而设的。与你身处离别，犹如迷离恍惚之梦境。什么时候才能与你相聚，秉烛夜谈，诉说我的衷情呢！

---

① 乌龙江：即黑龙江。② 榆荚：榆树之荚，榆树结的果实。③ 蝶梦：《庄子·齐物论》："昔者庄周梦为胡蝶，栩栩然胡蝶也，自喻适志与！不知周也。俄然觉，则蘧蘧然周也。不知周之梦为胡蝶与，胡蝶之梦为周与？周与胡蝶，则必有分矣。此之谓物化。"后以"蝶梦"喻迷离恍惚的梦境。④ 西窗剪烛：犹言剪烛西窗，指亲友聚谈。语出李商隐诗《夜雨寄北》："何当共剪西窗烛，共话巴山夜雨时。"此指与所思恋的人聚谈。

点评

这首词的写作时间和背景，赵秀亭在《纳兰丛话》中有所提到："性德《青玉案·宿乌龙江》上片云：'东风卷地飘榆荚，才过了、连天雪。料得香闺香正彻，那知此夜，乌龙江畔，独对初三月。'此亦清康熙二十一年（1682）春夏扈从东巡之作。乌龙江，即松花江，此指驻跸之大乌剌虞村，地在鸡林（今吉林市）下游八十里。圣祖于三月二十八至四月初三皆驻大乌剌，故'独对初三月'云云全为写实。"

看来，这是纳兰外出公干，内心悸动，写下行役在外、思念爱妻的深情，以表达内心的温存之词。

这首词的艺术成就很高，其中黄天骥在《纳兰性德和他的词》中对这首词的评价很高："冬天，诗人到了乌龙江畔，远离家乡，思念自己的亲人，渴望着团聚。这词一气呵成，不事雕饰，是作者真朴感情的自然流露。"

"东风卷地飘榆荚"，东风刮过，带着寒冷，将地面飘落的榆荚卷起，飞舞空中。这夏天才刚刚过了，冬天就要来了。对于没有秋天过渡的黑龙江，纳兰显得还是十分不适应，来到这个地方，看到"才过了、连天雪"，不禁感慨时光匆忙，天地之大，一不小心，自己竟然与妻子相隔了这么远。

"料得香闺香正彻。"想到妻子的房间里定然是花团锦簇，家里现在正是春暖花开的日子，可是自己却在这天寒地冻的远方。想到这里，纳兰内心也忍不住要不平衡一下了。离开心爱的妻子，离开热爱的家乡，来到这里，难道真的是天意弄人？

上片的最后一句，纳兰似是在问，也似是在回答“那知此夜，乌龙江畔，独对初三月”。在这黑龙江的夜里，想念着远方的妻子，渴望有朝一日的团聚。那时再回想起自己曾独自一人在远方思念亲人，那时的幸福必定会更加强烈。

为什么人世间总是要有离别呢？既然团聚是亲人们最大的幸福，为什么老天总是要时不时地就让亲人们尝尝留别之苦？纳兰在下片对这个问题进行了思索，他写道：“多情不是偏多别，别离只为多情设。”

或许这正是上天对相亲相爱人们的一种考验，要用离别去考验他们之间的真情，看这真情是否经得住离别的考验。想到这里，纳兰似乎宽心了许多。他盼望着回去的那一天，便可以和亲人们在窗前，安然地诉说着今日的愁苦。“蝶梦百花花梦蝶。几时相见，西窗剪烛，细把而今说。”

纳兰的心，在自我的不断安慰中，渐渐柔软，变得透明。这个男子的多情，在此时，显得愈发可爱。

浪淘沙

双燕又飞还，好景阑珊[①]。东风那惜小眉弯[②]，芳草绿波吹不尽，只隔遥山。

花雨[③]忆前番，粉泪偷弹。倚楼谁与话春闲，数到今朝三月二[④]，梦见犹难。

赏析

画堂之上，双燕呢喃；翠帘之外，芳春阑珊。佳人独倚窗。心中的玉郎，却在何处？

暮春的花，落满伊人的眼眸，浅浅淡淡，绿绿红红，惹得她好不心烦。

轻轻的风，也是玉郎的温柔；绵绵的雨，也是玉郎的细语。

伊人却低垂她美丽的容颜，泪水湿了玉绣锦罗。玉郎不长见，天涯数重山 。

点评

此篇仍是作者借“闺怨”的形式抒发自己的离愁。

上阕写景，景中寓情。“双燕又飞还”，双燕飞还，指暮春时节。着一“又”字，说明弹指间，已经过去了许多年时，有不胜韶华之感。

---

①阑珊：将尽、零落、衰歇之意。②眉弯，指眉头紧皱。③花雨：落花纷飘。④三月二：古代以三月三日为“上巳”节，三月二日为上巳前一日。

而一年好景，也已阑珊将尽。

接下两句，“东风那惜小眉弯，芳草绿波吹不尽”，东风吹得春来，又将春吹去，哪里会顾惜时光如流水，年华易老，伊人之愁眉紧蹙？芳草绿波，别情无极，东风亦不能把离愁尽数吹去。末句，“只隔遥山”，交代佳人生愁的原因——与情人关山远隔，相见无缘。

下阕写人。“花雨忆前番，粉泪偷弹。”花雨，即落花如雨。“花雨”的意象，绮艳伤感，诗人词人写春日离愁，尤喜用之。后来又由此衍生出“梨花雨”“桃花雨”“杏花雨”等“花雨”意象。粉泪，即女子之眼泪。以其饰粉，故云。如欧阳修《踏莎行》“寸寸柔肠，盈盈粉泪”。女主人公看见落红如雨，便勾起心事，回忆过去的欢情，唯有暗垂粉泪。

“倚楼谁与话春闲，数到今朝三月二，梦见犹难。”“倚楼谁与”，承上“偷弹”而来，续写无人能解的寂寞心情。“三月二”，古代以三月三日为“上巳”节，三月二日为上巳前一日。上巳节是游春之日，人们到水边洗濯、饮酒、欢聚等，为驱邪避祸，消除不祥。杜甫《丽人行》：“三月三日天气新，长安水边多丽人。”

这三句，词人写的是女主人公的内心活动：倚楼远望，谁能与我共诉衷情，以消心中岑寂？一天天地等待期盼，明天就是欢会的上巳节了，可是仍然不见情人的踪影。

结句，“梦见犹难”。该女子终因相思之苦而生责怨，梦见尚难，更何况真个见面！词于结处，表达了深深的叹息。

全词无一“愁”字，却句句是愁，显示出作者遣词造句的匠心。

海棠月 瓶梅[①]

重檐[②]淡月浑如水，浸寒香[③]、一片小窗里。双鱼冻合[④]，似曾伴、个人无寐。横眸[⑤]处、索笑[⑥]而今已矣。

与谁更拥灯前髻，乍横斜、疏影疑飞坠。铜瓶小注，休教近、麝炉烟气。酬伊也、几点夜深清泪。

赏析

月光如水洒在屋檐上，瓶中的梅花开了，小窗里沉浸在一片清香当中。天气寒冷，双鱼洗已经结冰，孤单的人儿不能入睡。回想当时的眉目传情，而今都已一去不返。

当初与谁一起在灯下花前，看那梅花的疏影？如今，又是铜瓶花开，麝烟缭绕，而你却不在身旁了，唯有以这几滴相思之泪寄托我的深情。

点评

词的上片通过写闺中人的相思之苦，来抒发伤逝之情。这首

---

① 瓶梅：插在瓶中以供观赏的梅花。② 重檐：两层屋檐。③ 寒香：清冽的香气，形容梅花的香气。④ 双鱼：双鱼洗，镌刻有双鱼形象的洗手器。冻合：犹言冰封。⑤ 横眸：流动的眼神。⑥ 索笑：犹逗乐，取笑。

词借瓶梅抒发相思和伤逝之情。纳兰写词，总是充满离愁哀怨，这首词的基调也是如此，但却又有些不同，整首词虽然弥漫着一些孤寂之感，但总的来说，还是比较温暖清淡，犹如淡淡的白月光，从窗口轻柔地洒下，让人心头明亮。

“重檐淡月浑如水，浸寒香、一片小窗里。”月光是古往今来，众多词人抒发思念之情的最佳选用之物。纳兰说淡月如水，月光如水一样清澈，也如水一样冰凉。洒下的月光在屋檐下形成一道冰冷的帘子，隔开了窗内与外面的景物。

而此时，屋子里的梅花开放了，绽放的花朵散发出幽香，小屋内一片暗香，屋外月光冰凉，屋内清香四溢。乍一看来，这首词的意境十分清淡，并无相思之苦，也无伤逝之情，只是对景物的一种白描，可是继续读下去就能发现，原来淡然未必就是平静，不说并不代表不在乎。

“双鱼冻合，似曾伴、个人无寐。”这里的一个需要解释的是“双鱼”，是指双鱼洗，镌刻有双鱼形象的洗手器，宋张元幹《夜游宫》词：“半吐寒梅未坼，双鱼洗，冰澌初结。”这里是说洗手器皿中的水都已经冻成了冰，凝结在了一起，天气的寒冷程度可想而知。这样的天气，钻进被窝，美美地睡上一觉，是再舒服不过的了。可是满心愁绪的纳兰，却是无论如何也睡不着的。

“横眸处、索笑而今已矣。”睡不着的原因自然是内心有所牵挂，那美丽的眼眸，那动人的微笑，而今看来，都是无法忘怀。在深夜里，独自躺在床上，孤枕难眠，想到恋人的容颜，清晰如昨，可是眼下却是天涯海角，无法相见，这怎能不叫人悲伤！

纳兰这首伤逝词，写到上片，悲伤过度。到了下片的时候，纳兰似乎沉思了许久，慢慢提笔写道："与谁更拥灯前髻，乍横斜、疏影疑飞坠。"回忆往昔，当日与谁一起相拥灯前，与谁一起看花飞花落，与谁一起海誓山盟，与谁一起想着如何去天长地久？

往日的美好，却都早已在岁月的流逝中一同不见了，"铜瓶小注，休教近、麝炉烟气。"如今，又是铜瓶花开的时候，可是檀香冉冉升起的烟雾中，再也看不到你笑颜如花的脸庞了。"酬伊也、几点夜深清泪。"我只能在此刻，用泪水祭奠我们共同拥有的过去。

纳兰的这首词以悲情结尾，结束全词，整首词清新自然，虽然是悲切，但却读起来让人没有压抑之感，是首好词。

菊花新 送张见阳令江华①

愁绝②行人天易暮，行向鹧鸪声里③住，渺渺洞庭波，木叶下、楚天何处？

折残杨柳应无数，趁离亭笛声吹度。有几个征鸿④，相伴也、送君南去。

赏析

你就要赴任到遥远的江华，此刻送行为之生愁添恨，而天色也仿佛变得晦暗迷蒙了。故人将去的江华，此时也正是秋色凄凉，令人惆怅。

依依难舍，杨柳折断了无数次，本应趁着长亭离宴上的笛声作别，却仍不忍分手离去。天空飞过几只征雁，就让它们陪你远行，与你做伴吧。

点评

这首词为送别之作，是纳兰送给他的好友张见阳的一首词，

---

① 江华：汉置冯乘县，唐置江华县，改曰云溪，寻复故，唐初置县在五保之地，神龙初迁于寒亭北阳华岩之江南，故名江华，在今湖南江华东南，现为江华瑶族自治县。②愁绝：极度忧愁。③鹧鸪声里：鹧鸪声含有惜别之意，同时指张见阳将去的江华之地，地在西南方，故云。④征鸿：征雁。

此人是康熙年间名重一时的人物，与纳兰惺惺相惜，结下了深厚情缘。

张见阳的一幅《墨兰图》，曾找曹寅题过词，曹寅的那首《墨兰歌》中不但夸赞了张见阳的画工了得，也深情描述了张见阳与纳兰之间的真挚友谊和笃厚感情。

“折扇郭风花向左，鸾飘凤泊惊婀娜。巡枝数朵叹师承，颠倒离披无不可。潇湘第一岂凡情，别样萧疏墨有声。可怜侧帽楼中客，不在薰炉烟外听。盛年戚戚愁无谓，井华饮处人偏贵。饧桃敢信敌千羊，孤芳果亦空群卉。张公健笔妙一时，散卓屈写幽兰姿。太虚游刃不见纸，万首自跋纳兰词。交渝金石真能久，岁寒何必求三友。祗今摆脱松雪肥，奇雅更肖彝斋叟。”

“太虚游刃不见纸，万首自跋纳兰词。交渝金石真能久，岁寒何必求三友。”这句就可以看出张见阳与纳兰之间的深厚感情。纳兰与张见阳和曹寅都有很深的交情，纳兰英年早逝，让二人十分悲痛。之后张见阳每画一幅画都要在画上题纳兰的词，以纪念纳兰和他的友谊。在纳兰生前，二人就已打下了友谊的根基。

这首词是纳兰为张见阳送行而作的。词的字里行间充满了离别的愁恨，朋友间的友谊不会因为距离和时间的长度而逐渐淡漠，真正的友谊是能够跨越千山万水，抵达人心深处的一种情感。

“愁绝行人天易暮”，人要走，留不住的尽是相思情，仿佛知道纳兰内心的凄苦，连上天都不忍再看，暮色深重，愁煞赶路人。

“行向鹧鸪声里住”这句话里有个说道，便是所谓的“鹧鸪声里”，这是指张见阳将去的江华之地，地在西南方，故云。而且鹧鸪本身也含有惜别之意，是许多词人爱用的一个词。

“渺渺洞庭波，木叶下、楚天何处？”清楚了友人要去的地方，但是自己无法相陪，这真是一件哀愁的事情。

上片写到离别之苦，下片接着写送别之情，依依惜别，不忍分离，可是离别总是要面对的，纳兰只得化悲痛为安慰，对自己说，朋友不过是远去，来日方长，总有见面的一天。

“折残杨柳应无数，趁离亭笛声吹度。”话虽如此，依然是舍不得离开，不知道送过了多少路程，不知道走过了多少亭子，就是舍不得说分手。但是天下无不散的宴席，送君千里，终须一别，自己不能将朋友送到他要去的地方。但是友人这一路上是否安全，他依然担心，正巧头顶上盘旋几只大雁，那就让大雁为自己护送友人，一路南下吧。“有几个征鸿，相伴也、送君南去。”情感的真挚到最后陡然升起，友人之间的情谊无须再多说，彼此心意了然。

临江仙

点滴芭蕉心欲碎，声声催忆当初。欲眠还展旧时书。鸳鸯小字[1]，犹记手生疏[2]。

倦眼乍低缃帙乱[3]，重看一半模糊。幽窗冷雨一灯孤。料应情尽，还道有情无。

赏析

心欲碎，不知是芭蕉心碎，还是离人心碎。“早也潇潇，晚也潇潇”，古往今来的诗词中，芭蕉似乎总喜欢同雨相伴出现。雨滴芭蕉，入梦，美酒半酣有唐汪遵心恋江湖；入画，王摩诘《雪打芭蕉》令人忘却寒暑，白石老人大叶泼墨酣畅淋漓；入乐声，《雨打芭蕉》淅淅沥沥，似雨滴蕉叶比兴唱和，急雨嘈嘈，私语切切，诉尽人间相思意。

点评

说起这芭蕉心，正如易安所言，“舒卷有余情”。禅语云“修行如剥芭蕉”，如果我们的心已被世间种种欲念所裹，那么修行

---

①鸳鸯小字：指相思爱恋的文辞。《全元散曲·水仙子·冬》：“意悬悬诉不尽相思，谩写下鸳鸯字，空吟就花月词，凭何人付与娇姿。”②生疏：不熟练。③缃帙：浅黄色书套。亦泛指书籍、书卷。

便是将层层伪装脱去，“觅心”即找回纯真的自我，“明心”则是彻悟尘世的一切杂念，方可见性。

纳兰心中，芭蕉心在其不展吧？因其不展，枝枝叶叶才藏得住纳兰梦萦半生的回忆，层层叠叠容得下纳兰多愁又敏感的心。其实何止善感的纳兰，“此夜芭蕉雨，何人枕上闻”，纵是梅妻鹤子的林逋也难掩芭蕉雨下那些撩人的情思。

“忆当初”，短短三字便如一把利剑斩断今生。今生已作永隔，窗外雨声风声入耳，曾有多少夜晚流逝于情意缱绻的呢喃？未来又将有多少不眠的孤夜，唯有旧忆聊以回味？所幸，过去的日子并未消逝于流年，在那发黄的红笺之上仍可略窥一二。

“鸳鸯小字，犹记手生疏”，怕是纳兰也在怀念把笔浅笑的她吧。当年的娇俏语长萦耳畔，那副欲语还休的羞涩模样犹在心头，鸳鸯小字里，似可见这位解语花的身姿若隐若现。然而，以为是一生一世的一双人，所托竟几页满蘸相思意的旧时书。南宋蔡伸曾慨叹，“看尽旧时书，洒尽今生泪”。蔡伸是书法家蔡襄之孙，官至左中大夫。名门之后，位高权重又如何？三更夜，霜满窗，月照鸳鸯被，孤人和衣睡。

旧时书一页页翻过，过去的岁月一寸寸在心头回放。缃帙乱，似纳兰的碎心散落冷雨中，再看时已泪眼婆娑。“胭脂泪，留人醉”，就让眼前这一半清醒一半迷蒙交错，梦中或有那人相偎。

又是一窗冷雨，纳兰看到了半世浮萍随水而逝，如记忆中挥之不去的她，“一宵冷雨葬名花”。还是纳兰身边这盏灯，只是不再高烛红妆，唯有寒月残照，灯影三人。太白对孤灯空长叹，“美人如花隔云端”。故人入梦，又渐行渐远，“是邪？非邪？立而望之，偏何姗姗来迟”。汉武帝为李夫人招魂，灯影明灭处，留得千古一帝不得见的叹息。

罢了，一梦似千年，从来是“人生长恨水长东”。刘禹锡一句“东边日出西边雨”，留多少痴念在人间。已道无情，而情至深处难自已。这般深情厚谊，在纳兰心中恐怕已不是简单的有情，而是人生难得的知心人。如果说情是前生五百次的回眸，爱是百年修得之缘，那么知心便是三生石畔日日心血的倾注。

有情无？

纳兰笃定不念今生，料想今生情已尽。一心待来生，愿来生再续未了缘，可有来生？

虞美人

绿阴帘外梧桐影，玉虎牵金井[①]。怕听啼鸩出帘迟[②]，恰到年年今日两相思。

凄凉满地红心草[③]，此恨谁知道。待将幽忆寄新词，分付芭蕉风定月斜时。

赏析

提到虞美人，脑海中总躲不过后主的绝笔，“春花秋月何时了，往事知多少”。才忆起故国月明，便有项王一曲悲歌回响耳畔“虞兮虞兮奈若何”。战场上的争斗虞美人无奈，却愿为连理枝再续前缘。传说战后受到战争蹂躏的土地遍开虞美人，那如鲜血般浓艳的色彩是地下安眠人的呓语。后主也罢，虞姬也罢，那些长眠的精魂也罢，花开艳丽的虞美人背后站立的竟是无情的决绝与分离。

---

① 玉虎：井上的辘轳。金井：栏上有雕饰的水井，一般用以指宫廷园林里的井。② 啼鸩：啼鸣的杜鹃鸟。③红心草：草名，一说为红心灰之俗称。相传唐代王炎，梦侍吴王，久之，闻宫中出辇，鸣箫击鼓，言葬西施。吴王悲悼不已，立诏词客作挽歌。炎应教作了《西施挽歌》，有“满地红心草，三层碧玉阶”之句。后以“红心草”作为美人遗恨的典故。

点评

这应是作于春末夏初的一首词吧。

帘外树已成荫，不似那只得遥看的朦胧草色。若是糊上松绿色的软烟罗作为窗纱，更应是春意盎然。说到这号称“百树之王”的梧桐，民间盛传其知时知令，“梧桐一叶落，天下皆知秋”便是知秋的写照。《魏书·王勰传》中曾有言“凤凰非梧桐不栖”，说的便是这百鸟避之的青桐。不同于人们印象中的法国梧桐——那些写在张爱玲笔下秋风里那簌簌的梧桐，那些遍布衡山路淮海路的老树——这绿荫帘外的梧桐，正是“一株青玉立，千叶绿云委”的青桐。

玉虎金井，极尽巴洛克式的奢华，可再精美的雕饰也不过是深井和缠于深井之上用以汲水的辘轳。“玉虎牵金井”的描摹下，看到的是“雕栏玉砌应犹在”的背影，只为等待那宿命般的“朱颜改”。抑或，我们也可以换一个角度思量：纳兰日思夜想的那人今已栖于梧桐枝上，她的命运犹如那看似繁华的辘轳，被紧紧牵于皇家金井之上。今生能让纳兰作此隐晦叹息的，除了他的表妹还能有谁呢？“虞美人”之曲不负其名。

“郎骑竹马来，绕床弄青梅”，纳兰当时或许并不知他的人生中相思相望不相亲的人，不只是他的表妹。梧桐雨，长恨歌，纳兰短暂的生命中几度春秋，“春风桃李花开日，秋雨梧桐叶落时”，竟像是偈语一般，划过他的人生。纳兰与表妹此时虽是生离，却难言再见。思之而不得之，纳兰的周遭似有着一层离情别怨。

连那窗外杜鹃之声，似也在用自然的语言诉说着，预言着，让人不忍听闻。

鸟鸣无心，听者有意。听不得杜鹃的啼血声声，它最勾人伤怀。“山无陵，天地合，江水为竭，冬雷震震夏雨雪，乃敢与君绝”，纵然没有鸟鸣，年年今日，两人异地相对同相思。此恨谁知？天知，空中划过啼血杜鹃；地知，便开出了似红泪般的红心草。那红心草开于飘过淡淡柳絮的湖畔，开于光影错落的月下荷塘，开于花径绿篱畔。它吐露着新叶，新叶也泛着红晕；它羞涩地绽开小花，小花也羞赧地顶着深红的小帽。低头，不语，晴空过处，只那么寂静地，婷婷而立。

“自在飞花轻似梦”，携红心草梦回春秋，便有一曲《西施挽歌》。相传唐代王炎，夜梦侍吴王，闻言西施已香消玉殒，应诏作此诗。“满地红心草，三层碧玉阶。”从此，红心草如那逝去的美人，在“春风无处所”的季节，娉娉婷婷地摇曳于浮云飘过的微风中，微叹“凄恨不胜怀”。

即使是这样凉薄的一叹也难容于尘世。李清照对芭蕉，叹“阴满中庭，叶叶心心舒卷有舍情”。这无端的情愫抑郁于胸中，剪不断，亦载不动；不能大声哭，也不能放声笑。“何处合成愁？离人心上秋。”梦窗以芭蕉说文解字：“不雨也飕飕。”红樱桃，绿芭蕉，云破月来的良宵，漏断人静的春夜，这纠缠于胸的幽幽往事只得寄存于诗行中。风飘飘，雨潇潇，月子弯弯千年同照九州；离人魂，昨夜梦，年年今日，但见流光无情把人抛。